AlgaR EDITORIAL

Consejo asesor de la colección

Ignacio Aranguren, Salvador Bataller y José Antonio Martínez

Títulos publicados

1. *Alesio, una comedia de tiempos pasados.* Ignacio García May
2. *El cadáver del señor García.* Enrique Jardiel Poncela
3. *La magia de la Luna.* José A. Martínez Blázquez
4. *El diario de Ana Frank.* Adaptación de Frances Goodrich / Albert Hackett
5. *Litrona.* Juan Luis Mira
6. *Totus Plautus (o casi).* Adaptación de José Antonio Martínez
7. *La isla del Tesoro.* Adaptación de Ramón Moreno / Rafael Contreras

Existen unas *Propuestas didácticas* referidas a este libro que se pueden descargar de forma gratuita desde la página web www.algareditorial.com.

© Adaptación: *Ramón Moreno Pérez / Rafael Contreras Raya, 2010*
© *Introducción: Víctor Latorre, Francesc J. López / Mario Máñez / Pilar Martínez, (El Abanico), 2010*
© *Algar Editorial*
Apartado de correos 225
46600 Alzira
www.algareditorial.com
Cubierta y diseño de la colección: *Enric Solbes*
Impresión: *Romanyà-Valls*
1ª edición: *junio, 2010*
ISBN: *978-84-9845-213-6*
Depósito legal: *B-25155-2010*

La isla del Tesoro

Robert L. Stevenson

Adaptación teatral de Ramón Moreno y Rafael Contreras

Introducción: Víctor Latorre, Francesc J. López, Mario Máñez y Pilar Martínez

leer para ver

joven teatro de papel

ÍNDICE

Introducción

UNA DE PIRATAS Y MUCHO MÁS

> [Robert Louis Stevenson es el] Escritor que ha traído la felicidad a más personas que cualquier otro escritor.
>
> JORGE LUIS BORGES

1. UNA OBRA EMBLEMÁTICA Y SU ADAPTACIÓN TEATRAL

La isla del Tesoro es el paradigma de las novelas de piratas del Caribe, la más conocida, la más universal. Desde que en 1883 fuera un éxito, varias generaciones han disfrutado y soñado leyéndola o con las adaptaciones cinematográficas que de ella se han hecho. Y para que continúe el disfrute, «Joven Teatro de Papel» presenta esta dinámica adaptación al teatro realizada por Ramón Moreno y Rafa Contreras.[1]

Robert Louis Stevenson, con *La isla del Tesoro*, creó a Jim Hawkins, un joven que quiere aprender a ser hombre, y lo embarcó en una aventura con filibusteros. Pero fue

1. Este texto parte de *L'illa del tresor*, de los mismos autores, que la compañía Posidònia, dirigida por el propio Ramón Moreno, estrenó en 1993, en el Centro Teatral Escalante de Valencia. La obra tuvo una gran aceptación, hecho que demuestra la extraordinaria potencia teatral de la historia.

mucho más allá, con esta publicación sentó las bases para crear la novela de piratas por excelencia: mapa del tesoro, isla exótica, piratas sanguinarios, mucho ron, viajes en barco, aventuras en la selva, y lo hizo además con maestría, narrándonos en primera persona las aventuras de Jim y perfeccionando un argumento sencillo pero más que válido para una obra juvenil. De este modo consiguió una narración espléndida que mantiene su vitalidad con el paso del tiempo y que ya se ha convertido en leyenda: un canto a la libertad y una lección de vida.

Pero esta novela destaca también por la vigorosa construcción de sus personajes, un rasgo que comparten el género narrativo y el dramático, como comprobaremos al analizarlo en profundidad en esta introducción. Y entre la multitud de criaturas que pueblan esta obra, es incuestionable que sobresale y da más juego John Silver, con su carisma y su ambigüedad, aunque sus motivaciones sean más que dudosas. El resto son personajes que, aunque estereotipados, son efectivos y están magistralmente diseñados en sus rasgos físicos más que en los psicológicos.

2. EL AUTOR DE LA NOVELA

Robert Louis Balfour Stevenson (Edimburgo, Escocia, 13 de noviembre de 1850 - Upolu, Samoa, 3 de diciembre de 1894) es autor de algunas de las historias fantásticas y de aventuras más populares de la literatura, como *La isla del Tesoro*, *El extraño caso del doctor Jekyll y míster Hyde*, *La flecha negra* o *Secuestrado*, adaptadas para niños y llevadas varias veces al cine. Fue muy apreciado en su tiempo y sigue siéndolo después de su muerte. Está considerado como uno de los escritores clásicos de la literatura en inglés y ha sido fuente de inspiración de autores como Joseph Conrad, Graham Greene y los argentinos Bioy Casares y Jorge Luis Borges.

Fue hijo único de Thomas Stevenson, ingeniero especialista en la construcción de faros, cuyos conocimientos del mar se reflejarían en la novela de su hijo *La isla del Tesoro*, y de Margaret Isabella, hija de un sacerdote de la iglesia de Escocia. Ambos vivían entregados en cuerpo y alma a la educación de su hijo y al cuidado de su delicada salud, dado que desde pequeño fue propenso a contraer todo tipo de enfermedades, que desembocaron, ya de adulto, en una tuberculosis con tremendas hemorragias. El pequeño pasaba grandes temporadas sin poder salir de casa, con fiebre y con la imaginación creando escenas sacadas de las historias que le contaban sus padres y su niñera Cummie. También la lectura le acompañaba en sus largas horas de soledad, siendo los cuentos fantásticos los que despertaron su interés por la literatura. Bajo estas circunstancias, su etapa escolar se vio jalonada de grandes ausencias. Pero, a pesar de todos estos problemas, siempre se mostró alegre y con gran vitalidad.

Como estudiante universitario no fue nada brillante, amén de los cambios de estudios que realizó; primero abandonó la carrera de ingeniero, que su padre siempre soñó para él; luego fueron los estudios de leyes los que no le acababan de llenar, y, por fin, se armó de valor y con toda su experiencia de rebeldía universitaria, le dijo a su padre que lo que realmente quería era ser escritor. Por razones de salud, Stevenson se vio obligado a trasladarse a otros lugares de clima más benigno que el escocés. Uno de esos lugares fue Francia. Allí conoció a la que iba a ser la mujer de su vida: Fanny Osbourne, una americana separada, con dos hijos y diez años mayor que él.

A Stevenson se le ha descrito con frecuencia como un hombre en estado de crecimiento, que siempre conservó un encanto infantil en su personalidad y en sus obras, consecuencia sin duda de la simpatía que proyectaba en todo y volcaba en todos con los que trataba. Fue un hombre con gran sentido moral, con un sentido profundo de la responsabilidad y una sensibilidad notable ante las injusticias del mundo. A los 44 años de edad, murió en Samoa. Sus habitantes y vecinos, que le llamaban *Tusitala*, «el que cuenta historias», sintieron la pérdida de un gran motor de sus reivindicaciones; sus lectores lamentaron el silencio de un innovador e impulsor de la literatura; y sus amigos y familiares lloraron la desaparición de la simpatía, la amabilidad y la generosidad.

Escritor versátil, Stevenson poseía talento suficiente como para abordar con maestría distintos géneros literarios. Demostró ser un gran ensayista en *Virginibus puerisque* (1881), *Estudios familiares de hombres y libros* (1882) y *Memorias y retratos* (1887). También fueron bien recibidos por la crítica sus libros de viajes autobiográficos, como *La casa solitaria* (1883), que contiene las impresiones del autor acerca de su estancia en un campamento minero en California; *A través de las llanuras* (1892), e *Islas del sur* (1896). Por lo que se refiere a sus obras poéticas, destaca *De vuelta al mar* (1887), aunque el volumen *Jardín de versos para niños* (1885) contiene algunos de los mejores poemas que Stevenson publicó.

Entre los libros de aventuras cabe resaltar *Secuestrado* y *Catriona*. En este último cuenta las peripecias del joven David Balfour, quien, al quedarse huérfano, tiene que sobrevivir sorteando el acoso de los que quieren aprovecharse de sus bienes y de su vida. En *El señor de Ballantrae*, aborda la enemistad y rivalidad permanente entre dos hermanos. Por otro lado, *Narraciones maravillosas* (1882) y *El diablo de la botella y otros cuentos* (1893) recogen sus relatos breves.

Pero la obra que le dio fama y fortuna fue *El extraño caso del doctor Jekyll y míster Hyde* (1886). La novela narra la historia del doctor Jekyll, reputado y excelente médico que sufre un desequilibrio emocional al descubrir que tiene una doble personalidad de signos opuestos. Torturado por este conflicto, estudia y descubre una droga para eliminar las imposiciones de la personalidad del doctor Jekyll, sensato y social. Al tomar dicha droga, adopta la personalidad de míster Hyde, que cada vez influirá más en su vida. Así se convierte en un ser malvado y perverso con un aspecto deforme y horrible, de tal manera que, poco a poco, míster Hyde se adueña de la personalidad del doctor Jekyll y lo obliga a cometer un despreciable asesinato.

Para concluir este apartado biobibliográfico, citaremos a Barry Menikoff, uno de los especialistas más importantes en Stevenson. Este profesor de la Universidad de Hawái, en la introducción a las obras completas[2] que editó sobre el autor escocés, resalta, entre otras, las siguientes características de la obra de Stevenson:

1. Sistemáticamente experimentó el planteamiento y la expresión de hechos graves con fórmulas populares de lenguaje.

---

2. *The Complete Stories of Robert Louis Stevenson*, 2002.

2. Sus teorías del arte y la cultura se adelantaron a su tiempo y, prácticamente, inventó el relato corto del siglo XX, al darle nueva vida, introduciendo la aventura como hilo conductor de sus historias.
3. Trajo el realismo psicológico a la ficción histórica.
4. Sus obras son un ejemplo claro de simbiosis entre la realidad y la ficción.
5. En cuanto al lenguaje, muchos autores han admirado su inglés impecable (Henry James) y su capacidad para combinar y cambiar distintos registros lingüísticos como si de un calidoscopio se tratara.

También puede resultar interesante, tanto para lectores aficionados como para estudiosos, visitar un portal dedicado por entero a Stevenson creado por la Universidad Napier de Edimburgo. Este portal (www.robert-louis-stevenson.org) es un homenaje a la vida y obra de Stevenson y pretende alentar a quien lo visite a que descubra sus múltiples facetas. A través de una exposición detallada de su amplia carrera literaria, la web quiere rescatar a Stevenson de los márgenes de los estudios sobre literatura. No olvidemos que, como ya hemos visto, no fue sólo un escritor de libros para niños, sino también poeta, dramaturgo, ensayista, historiador, antropólogo, victoriano, modernista y posmodernista, entre otras muchas otras cosas.

3. LOS AUTORES DE LA ADAPTACIÓN TEATRAL

Con motivo del 20º aniversario del Centro Teatral Escalante de Valencia, Ramón Moreno y Rafael Contreras escribieron acerca de su adaptación de *La isla del Tesoro*: «En la novela de R. L. Stevenson, los sueños e inquietudes de la infancia y las ambiciones más o menos nobles del ser adulto navegan en el mismo barco. Tal vez esto, aunque de manera esquemática, no sea sino una metáfora de la propia vida. La vida entendida como navegación, como aventura azarosa y compleja, a través de mares procelosos. El sueño del niño, como proyección de sus deseos e inquietudes. La ambición del adulto, también como proyección de deseos e inquietudes, aunque en este caso la ambición pueda ir acompañada de la codicia, una de sus parientes más cercanas. Todo ello condimentado con sus correspondientes dosis de intriga, aventura, acción, lucha por el poder y la supervivencia y un discreto sentido del humor que se esfuerza en no traspasar los límites de la ironía».

Estas palabras nos dicen bastante de la visión teatral de los autores de la adaptación, pero no estará de más que demos algunas pinceladas de su biografía teatral, a fin de entender mejor la nebulosa de los conceptos y las intenciones. Entrando en este repaso concreto de «la vida entendida como navegación, como aventura azarosa y compleja, a través de mares procelosos» (*teatrales*, nos permitimos añadir), empezaremos con Rafael Contreras Raya (Montilla, Córdoba, 1952). Este valenciano de adopción se considera un hombre de teatro y confiesa que lo es todo para él y en él vive inmerso desde su profesión de director de doblajes. De hecho, en 2001 fue merecedor del premio Tirant al mejor actor de doblaje, un trabajo que considera con un gran componente creativo, sobre todo desde la dirección, ya que durante el proceso se está continuamente inventando y adaptando con una alta dosis de improvisación.

Es un hombre con una formación teatral sólida, diplomado en 1976 por la Escuela Superior de Arte Dramático de Valencia y con otros estudios de Interpretación y de Dirección Dramática. A esto suma una larga etapa de actor en varias obras, de entre las que destacan, entre 1977 y 2003, *El misterio bufo*, de Vladimir Maiakovski; con el P.T.V. *Balazo traidor* y *Cataclowns*, ambas de Eduardo Zamanillo; *Tirant lo Blanc*, de Joanot Martorell; *La comèdia de les equivocacions*, de W. Shakespeare, bajo la dirección de Juli Leal; *El casament*, de Bertolt Brecht, *Sirenas, trompetas y pedorretas*, de Dario Fo; *La ruleta russa*, de Antón P. Chejov; *La bona persona de Sezuan*, de Bertolt Brecht...

Sin embargo, tanto como esta faceta más enfocada hacia los adultos, le atrae actuar como payaso en la compañía de teatro P.T.V. o participar en programas infantiles de Televisión Española como *La cometa blanca*, *El carro de la farsa* y *Taller de teatro.* Una atracción que en Canal 9, la televisión autonómica valenciana, se ha escenificado y diversificado en programas como *Tria tres* o las series *Benifotrem* y *Maniàtics.* También ha trabajado en cine: en *Best seller*, de Carlos Pérez Ferre, y en *La camisa de la serpiente*, de Antoni P. Canet.

Su vocación por la escritura teatral, altamente demostrada en la adaptación que el lector tiene ante sí, comienza a plasmarse, en colaboración con Ramón Moreno, hacia 1987 con *Alguien puso la zancadilla a Román Hurtado*. Ambos, además de estar unidos por la amistad y por haber compartido estudios en la Escuela de Arte Dramático de Valencia, se identifican totalmente con las ideas e inquietudes teatrales que les vienen de los tiempos del teatro independiente, un teatro que cuestionaba el régimen establecido y miraba hacia delante.

De Ramón Moreno (Noia, A Coruña, 1959) ya conocemos algunos aspectos; por tanto, y para no repetirnos, juzgamos interesante reproducir cómo se define él mismo:[3] «Soy director de escena, director de la EMT de Silla, que por cierto cumple 25 años en 2009, y profesor de Interpretación de la ESAD de Valencia. Como veis la cosa no es cómo me defino, sino simplemente lo que hago. Mi vocación es casual, estaba en el lugar adecuado en el momento adecuado y supongo que sigo ahí, en el centro de ese huracán que es el teatro, y, claro, mi vocación sigue concentrada en él. Hay en mi vida otras cosas igual de importantes: dibujar, escribir, leer, estudiar, «navegar», pasear, el pilates, el taichi, el cine, respirar, meditar, mirar, sentarme a contemplar, nadar, pedalear, la música, la pintura, la historia, la geografía, la naturaleza, jugar... ¡Vaya! Todas las cosas que me gustan están también en el teatro... El teatro me lo permite hacer todo... *¡En el teatro lo encuentro todo y gracias al teatro lo puedo hacer todo! Claro, es por esto por lo que hago teatro...*». [la cursiva es nuestra]

Como autor le gusta y defiende un «teatro de ideas», grandes o pequeñas, pero que aquello que se sitúe en el escenario parta de una idea. Que su aportación al mundo creativo del teatro sean aquellas ideas que van a justificar la necesidad de montar un determinado espectáculo. La pedagogía, las dramaturgias muy elaboradas, el gusto por el signo escénico, el compromiso social o la acidez de las propuestas son los pilares de su trabajo. Los temas recurrentes

3. Esta definición es una de las diferentes respuestas a las preguntas que, a modo de colaboración, le planteó, en 2008, la compañía teatral valenciana Engrata.

que aparecen en sus obras giran en torno a la noche, la marginación y el sexo.

Entiende la dirección de un espectáculo como un largo proceso que se inicia con el estudio-análisis del «germen» (en la mayoría de los casos, el texto) del que va a nacer un proyecto. Continúa en el aprendizaje de todo aquello que enriquezca la obra. Y termina decidiendo qué teatro interesa que se vea y «hacerlo», para formar a un público que aprenda a «leer» propuestas que pueda identificar y que esa comprensión ayude a evolucionar a la sociedad. Le gusta la belleza escénica. En sus obras pretende que todo aquello que coloca o mueve sobre el escenario aporte belleza al espectador. Mantiene y defiende aquella máxima de Stanislavski que dice: «Lo difícil debe hacerse habitual; lo habitual, fácil; lo fácil, bello». Concede mucha importancia al espacio escénico, le cuesta concebir un espectáculo sin conocer o imaginar el espacio por el que se va a mover. Es un amante del dibujo artístico e intenta trasladar esta pasión al escenario, «dibujando» previamente las escenas y los movimientos de los actores.

Una característica de su trabajo ha sido la gran variedad de montajes que ha realizado, desde adaptaciones de obras clásicas para el teatro infantil, hasta obras de los autores contemporáneos más comprometidos con los cambios sociales y artísticos. En veinte años de dirección escénica ha estrenado más de sesenta espectáculos. Destacamos una trilogía de Brecht que estrenó en los años noventa, *L'excepció i la regla*, *El casament* y *L'òpera de tres rals*; dos producciones de Antara Teatre: *Questi fantasmi!* y *L'estrany genet*; dos producciones públicas: *La mandràgora* y *Aquella nit amb Lluís*, y varias producciones para niños: *Ulisses*, con Bambalina,

L'illa del Tresor y *El llibre de la selva*, para el Centro Teatral Escalante o *Iglú*, para L'Horta Teatre. De su paso por la empresa privada destacaríamos *Vodevil* y *El retorn de Robin Hood*, para Posidònia Teatre. Y de lo último que ha hecho, *Divines paraules* o *Ivagina*.

4. 'LA ISLA DEL TESORO' O EL ARTE DE NARRAR HECHO NOVELA

4.1. Argumento y tema

Stevenson comenzó a escribir *La isla del Tesoro* en una localidad del norte de Escocia, Breamar, en agosto de 1881, con el título inicial de *El cocinero de a bordo*. Redactaba un capítulo cada día y se lo leía al pequeño de doce años Lloyd Osbourne, hijo de su esposa de un matrimonio anterior. Su intención al escribir esta historia era entretener al joven Lloyd. A esto se debe, sin duda, la brillantez, el vigor, la espontaneidad y la seguridad en la narración.

Según cuenta el autor en su artículo «Mi primer libro», su novela se fue construyendo a partir de un mapa que el propio Stevenson iba dibujando durante aquellas veladas narrativas con Lloyd. A partir de este esbozo empezaron a surgir montes y ríos, playas y bosques y animales que llenaron la isla de vida. Para este novelista, primero fueron los lugares y las personas y luego fue la escritura. Como dice Fernando Savater, en un artículo en el que analiza la magia de la escritura de Stevenson,[4] «El paisaje no fue

4. Savater, Fernando, «La Escocia mágica de Stevenson», *El País semanal* (6-2-1983).

nunca para él un simple marco del argumento, sino el motor mismo de la historia. No es la acción la que busca un escenario adecuado, sino el escenario el que reclama un acción digna de él».

Como macroespacio general, la novela nos sitúa en la Inglaterra del siglo XVII con un imperio en ultramar en plena consolidación. Se centra en Jim Hawkins, un joven que trabaja en El Almirante Benbow, la posada que sus padres tienen junto al mar, y que por azar consigue el mapa de la Isla del Esqueleto. En esta isla se esconde el fabuloso tesoro del mítico pirata Flint, hecho que nos proporciona el acicate ideal para emprender una aventura a la búsqueda de algo maravilloso, capaz de desencadenar los sueños más anhelantes.

Al mismo tiempo, esa búsqueda nos muestra el proceso de aprender a ser hombre que vive un adolescente fascinado por la aventura. En ese viaje iniciático, Jim confrontará y asimilará los distintos comportamientos y personalidades que configuran el carácter humano. Estará acompañado por un caballero indiscreto (Sir John Trelawney), un médico aventurero (el doctor Livesey), un marino, el capitán del barco, Sr. Smollet, concienzudo y profesional, y una tripulación dudosa y compleja de malvados, envidiosos, traidores, fieles, bondadosos y arrepentidos piratas, embarcados en la búsqueda del famoso tesoro.

Entre los temas que se plantean en *La isla del Tesoro* y que la crítica ha resaltado y ha debatido, destacamos que:

1. *Representa la aventura clásica* en la que el protagonista se ve involucrado en una acción que le hará encarnar el papel de héroe.

2. *La búsqueda se convierte en motor de la aventura.* En la novela tiene como objetivo un tesoro, pero, a pesar del carácter material de este fin, está en consonancia con el romanticismo de la época, que tendía a buscar la perfección en el esfuerzo para superar las dificultades y los peligros.
3. *Resalta el crecimiento del héroe.* En esa aventura, el protagonista comenzará siendo un niño y terminará siendo un adulto, un hombre adecuado al núcleo de la acción.
4. *Es un canto y una exaltación de la audacia.* Según Fernando Savater: «Jim es audaz desde su primera aparición en la novela, pero por sí mismo no sería capaz de explorar todos los aspectos de su don, si no fuera por John Silver, que es quien le muestra el rostro *demoníaco* de la audacia».[5]
5. *No se trata de una novela de buenos y malos.* La lucha entre el bien y el mal, entre el lado bueno y el lado oscuro, maligno, de la personalidad humana ha ocupado y ha preocupado a grandes autores como Edgar Alan Poe, Jorge Luis Borges o al mismo Stevenson, que plantea brillantemente esta dualidad en su magnífica novela *El extraño caso del doctor Jekyll y míster Hyde.* Pero en este caso, se ha optado por una ambigüedad moral que no impone una elección definitiva al lector, ya que, en ocasiones, el diálogo o bien la confrontación de dos posiciones contrarias acaba en cierta manera por confluir en

5. Savater, Fernando, *La infancia recuperada*, Alianza Editorial, 2004.

un enriquecimiento y no en el triunfo completo de la una sobre la otra.

6. *Presenta la codicia como rasgo humano.* No se puede obviar, al analizar la obra, que tanto los piratas como los representantes del mundo burgués se mueven por el deseo de posesión del famoso tesoro. El mundo de los piratas vivirá esa codicia abiertamente, como un modo de vivir, con sus luchas y sus enfrentamientos, con su falta de escrúpulos; pero también los personajes representantes del orden establecido codician quedarse con todo el oro del botín.
7. *Muestra al padre como figura modelo.* Varios personajes de la novela representarán este rol para Jim. Principalmente serán John Silver que, con sus modos poco convencionales, cuida y protege al adolescente, quizás acordándose de sí mismo a su edad, y el doctor Levesey, que con su actitud moral y su profesionalidad gana el respeto del joven.
8. *Nos hace conscientes de la presencia de la muerte.* A pesar de tratarse de un relato juvenil, la muerte está tan presente en varias ocasiones a lo largo de la novela que, de hecho, hasta el héroe, Jim, no puede esquivarla, ya que mata a un hombre, aunque sea en defensa propia.

4.2. Las técnicas narrativas

En *La isla del Tesoro* encontramos una historia bien contada y que ha servido de ejemplo para ilustrar y explicar en qué consiste el arte de bien contar. El libro provoca en el lector el deseo de continuar leyéndolo ininterrumpidamente, debido al ritmo rápido de la narración de una trama que, a su vez, también es veloz y trepidante. Se pasa de una acción a otra sin dejar tiempo a que decaiga nuestro interés por lo sucedido anteriormente.

A pesar de que la historia se refiere a unos acontecimientos del pasado, no hay grandes parrafadas ni reflexiones sesudas. Está perfectamente pensada para niños y jóvenes que no soportan las filosofías complejas, ni los sermones de adoctrinamiento. La acción directa es la mejor expresión de su forma de ser y pensar.

En su novela, Stevenson utilizó sabiamente varias técnicas narrativas centradas, en su mayor parte, en Jim Hawkins, el personaje principal, protagonista y narrador de gran parte de los acontecimientos. Esto permite al lector sumergirse en una visión mucho más auténtica, y en su propia voz, de lo que siente un joven adolescente, cuáles son sus emociones y la forma en la que ve el mundo que lo rodea. Este enfoque contrasta con la parte de la novela narrada por el doctor Livesey. A diferencia de la forma de narrar de Jim, el relato del doctor abunda en la descripción de detalles externos, pero no se detiene en expresar sus propios sentimientos y emociones, por tanto, no permite al lector entrar en lo que piensa o siente.

Entre las diferentes técnicas narrativas que el autor utiliza a lo largo de todo el relato, destacan las siguientes:

1. *La perspectiva.* Stevenson utiliza un continuo cambio de enfoque, de punto de vista narrativo, en la presentación de los personajes más relevantes, por ejemplo, Jim o Silver. Estos cambios producen en el lector una cierta confusión de identidad, que a me-

nudo es el reconocimiento de la dualidad compleja de la naturaleza humana: nadie es totalmente bueno o malo. Se pone en juego la moral social que se ve así sutilmente cuestionada.

2. *La retrospectiva.* El autor inicia y concluye la novela narrando hechos de un pasado presumiblemente lejano; es decir, la historia comienza y termina como un recuerdo de los acontecimientos pasados, narrados desde la comodidad de la vida presente. Una vez de vuelta de su viaje de búsqueda a la isla del tesoro, Jim se promete a sí mismo que no se arriesgará a vivir una aventura más en su vida.
3. *El uso del suspense.* Caracteriza toda la novela, pero sobre todo se hace más visible al final de cada capítulo; se logra así que el lector se vea inevitablemente obligado a seguir leyendo para saber qué va a pasar.
4. *La coincidencia.* Es un recurso narrativo que consiste en que el personaje aparezca en el *lugar adecuado en el momento adecuado*. Suele ser muy frecuente en el cine, pero, desde el punto de vista de la verosimilitud, quizá sea éste uno de los puntos débiles de la novela, ya que hace que la historia pueda parecer poco realista.

4.3. La estructura

Es posible que algunas de las técnicas narrativas comentadas no se puedan aplicar totalmente en la versión teatral; sin embargo, sí que podemos afirmar que la estructura de esta novela, como pone en evidencia su análisis, tiene mucho que ver con la estructura de la adaptación escénica. Esto es así porque los personajes son elementos estructurales muy importantes en el teatro y también en este relato, como demuestra el hecho de que cada una de sus partes se centre en un personaje o lo destaque como protagonista. Así tenemos que:

1. La primera de ellas lleva por título «El antiguo bucanero» y, obviamente, su protagonista es el capitán Billy Bones, el viejo bucanero poseedor del cofre con el mapa del tesoro.
2. La segunda, «El cocinero de a bordo», nos presenta a John Silver, el pirata principal. Este personaje seduce a Jim, a quien le parece un modelo que debería seguir, porque, de alguna manera, representa la figura protectora del padre que el muchacho ha perdido.
3. La tercera parte, «Mi aventura en tierra», está consagrada de nuevo a Jim Hawkins, metido de lleno en la aventura que se abre ante él.
4. La cuarta, «La estacada», está compuesta por el mayor número de capítulos y constituye el eje de la historia: lo anterior y el resto confluirán en ella en perfecto equilibrio. El narrador es el doctor Livesey, un adulto y un narrador testigo necesario para que conozcamos lo que sucede en estos capítulos centrales (exactamente el XVI, el XVII y el XVIII), ya que el grumete se halla ausente de los acontecimientos, porque se ha apartado del grupo con la intención de encallar *La Hispaniola.* Esto genera un nuevo interés en el lector ya que, a su vez, implica un contraste con el otro narrador, Jim.

5. En la quinta parte, «Mi aventura marítima», reencontramos a Jim.
6. Nuevamente en la sexta, cobra protagonismo «El capitán Silver», el pirata de la pata de palo y el loro al hombro. Así se nos hace patente que la acción bascula siempre entre este personaje y Jim, el joven protagonista.
7. Cierra la historia el capítulo XXXIV, un capítulo breve, «El fin de todo», en el que Jim narra el desenlace.

Con esta distribución de las partes, Stevenson logra una obra simétrica que, en cuanto a su estructura, si imaginamos la historia narrada como una línea, gráficamente, quedaría así:

Billy Bones ➤ Silver ➤ Jim ➤ La estacada ➤ Jim ➤ Silver ➤ Final

1 PRINCIPIO 2 3 4 5 6 7 FIN

Este equilibrio no frena, sino que, al contrario, potencia focos diversos del conflicto, lo que propicia un ritmo trepidante de la narración, que todavía será más vivo en la adaptación teatral. Dicho ritmo, como ya hemos dicho, nos lleva de unos acontecimientos a otros sin tregua y, en consecuencia, hace que nuestra atención no se pueda desviar de nuevos sucesos que vienen a captarla. Por todo lo expuesto, decimos que *La isla del Tesoro* es la narración perfecta, el ejemplo idóneo del arte de narrar.

5. LA OBRA DE TEATRO

En esta versión teatral de la novela de Stevenson se conservan y potencian muchos de los rasgos característicos de la novela, desde la fantasía y el gusto por la aventura o el lenguaje dinámiço y lleno de humor a otros elementos formales, estructurales y temáticos que tan sabiamente consiguió armonizar *La isla del Tesoro* para alcanzar la categoría de obra maestra.

5.1. La estructura teatral

Una de las primeras y más arduas dificultades que tuvo que superar el trabajo de adaptación teatral era condensar en un tiempo breve, poco más de una hora, los treinta y cuatro capítulos de la novela. Para que el trasvase de un género al otro no supusiera ninguna pérdida de la calidad ni del atractivo del producto inicial, se optó por encajar todos los acontecimientos del libro en un solo acto teatral, aunque dividido en ocho escenas. Así no se interrumpe la acción, con lo que el ritmo no decae ni sufre altibajos. Es una manera de captar mejor el interés del receptor, sobre todo del joven, en perfecta sintonía con lo que pretendía el autor de la novela y siguiendo una tendencia de muchas obras de teatro actual, que suelen constar de un acto único.

La voz que nos guía por los vericuetos de esta historia, como no podía ser de otra manera, es Jim Hawkins que, en connivencia con el público, introduce las escenas, de modo que el lector o el espectador puedan imaginar y seguir el progreso de la acción. Los títulos de cada escena, precedidos de un breve prólogo, en su mayor parte sirven para presentar los lugares en los que se desarrolla la acción de la obra de teatro y recuerdan el propio arranque de la novela. Tras el prólogo:

1. «La taberna del mar» corresponde al comienzo de la historia.
2. Una vez hemos tenido conocimiento del tesoro, la breve escena segunda, «La mansión de Sir John», muestra la decisión de iniciar el viaje en su búsqueda.
3. En la tercera, «En el barco», se presenta a la sospechosa tripulación y su enfrentamiento con la autoridad del capitán del barco.
4. Gracias a la múltiple y dinámica acción de la escena cuarta, «La travesía», conocemos la existencia de los dos bandos. Esta confrontación augura toda una serie de emociones y conflictos y asegura la complejidad y el atractivo de la aventura; culmina con la llegada a la isla.
5. En consecuencia, en la quinta escena, «La isla», los personajes ya han llegado al final de su viaje de ida. Jim comienza sus investigaciones en solitario y descubre al misterioso habitante del lugar.
6. En la sexta, «Las barricadas», se escenifica el mayor enfrentamiento de los dos bandos. Mientras se defienden del ataque en un improvisado fortín, Jim les da a conocer su secreto y desaparece.
7. La séptima, «Los piratas», nos muestra el distanciamiento entre Jim y Silver, y las luchas internas ocasionadas por la codicia.
8. Finalmente, en «El tesoro» se presenta el desenlace, con encuentros, castigos, retornos y alguna que otra estrategia de escamoteo para seguir libre.

Como vemos, estas escenas aseguran el ritmo progresivo y vivo de toda la obra; un ritmo mucho más ágil que el de la propia novela, al verse el texto teatral despojado de toda descripción y haberse dinamizado con la presencia de los actores-personajes y con sus diálogos directos. No olvidemos que el detallismo de la narración y de la descripción, tan necesario en el relato escrito para la comprensión del lector, aquí está suplido por el trabajo actoral y el resto de lenguajes teatrales (expresión corporal, música, iluminación, vestuario, atrezo, escenografía...) que subrayan la acción haciéndola comprensible a los ojos del espectador. Un texto de teatro se lee, cómo no, pero siempre espera a unos actores que le den vida. Como decía Lorca: «El teatro es poesía que se sale del libro para hacerse humana».

5.2. El lenguaje y el humor

El uso del lenguaje en *La isla del Tesoro* siempre es el apropiado a cada personaje. Por ejemplo, Long John Silver y los piratas hablan su propio idioma, tienen un estilo particular que usa frases que se convierten en su identidad. Pero es que, además, en la adaptación teatral, en ausencia de las técnicas de la narración, se potencia estos usos lingüísticos específicos como elemento caracterizador capaz de establecer el contraste entre los personajes y subrayar el ritmo de la acción. Se hace aflorar el humor latente a lo largo de toda la obra y se potencia principalmente este lenguaje de los piratas, con expresiones o juramentos, tacos, imprecaciones, insultos... que, a la vez que reflejan sus estados de ánimo, evocan, a grandes rasgos, ese ambiente entre tabernario y marinero.

Al dirigirse a un público juvenil, los adaptadores se sienten más libres de crear y reiterar expresiones que puedan recordar a las propias de los cómics o de los dibujos animados, incluso construidas con un léxico que nos es cercano. Así, a lo largo de las escenas, encontramos exclamaciones como las siguientes:

–¡Por cien mil sepias cautivas, Morgan!

–¡Por cien mil tiburones! ¿Bromeáis señor?

–¡Por mil diablos cautivos, no tengas prisa!

–¡Hienas del océano! ¡Tened paciencia!

–¡Por los tentáculos del gran pulpo! ¿Queréis callar de una vez?

–¡Por las ínfulas de un chipirón! ¡Juro que antes de una hora volará este fortín!

–¡Que un mal rayo te fulmine! ¡Este chico es más hombre que cualquiera de vosotros!

–¡Por Satanás que recibirás un escarmiento!

–¡Por las agallas de un boquerón!

–¡Por todos los tesoros marinos!

–¡Por todos los arrecifes de coral!

–¡Por todos los huracanes!

–¡Estúpido marino de charca infecta! ¡Te has dejado engañar como un vulgar caracol!

–¡Te ha llegado la hora, viejo tiburón desdentado!

–¡Silencio a proa y a popa!

–¡Hienas rabiosas!

En cuanto a los *rasgos de humor*, están presentes:

1. En todas las *discusiones* entre los piratas en las que lanzan improperios del tipo de los que acabamos de mencionar.

2. En ciertas *sutilezas* entre los personajes del mundo burgués, como las alusiones a la falta de discreción de Sir John:

> DOCTOR. Hay una persona a quien temo...
> SIR JOHN. ¡Decidme sin dilación el nombre de ese rufián!
> DOCTOR. Vos... (Escena II)

3. En el *lenguaje figurado* del cocinero Silver:

> SILVER. ¡El asado está en su punto! (Escena VII)

4. En la *ironía*:

> SILVER. En mi cocina hay algo más que paz por saborear...
> SILVER. ¿Qué, Sir John, os han servido ya el desayuno? (Escena VI)
> COOPER. Probaremos el asado... (Escena VII)
> SILVER. ¡Ah, Cooper y sus pretensiones de capitanucho en ciernes! (Escena VI)

5. La *broma*, el recurso de Ben Gunn para atemorizar a los supersticiosos piratas:

> MORGAN.¡Por todos los demonios, es Flint!
> VOZ CON ECO. ¡Tráeme el ron, Darby!
> (Escena VIII)

5.3. Los símbolos

Los símbolos, presentes tanto en la novela como en la obra de teatro, amplían enormemente el sentido de la historia, por su capacidad de sugerir y por su valor polisémico. Así tenemos:

1. Los *cuchillos*, que representan el peligro y la muerte, especialmente para Jim.
2. El *dinero*, que simboliza el poder, la corrupción y la muerte. El tesoro traerá riqueza pero costará muchas vidas.
3. *La Hispaniola*, el buque que, como medio de transporte real, permite el viaje a la búsqueda del tesoro con todas sus aventuras; pero a su vez abre las puertas del viaje al autoconocimiento y a la autoformación y establece la conexión y los contrastes entre el mundo salvaje de la isla –la naturaleza– y el mundo de la Inglaterra victoriana del siglo XIX –la civilización.
4. El *silbato*, símbolo de la ternura que Jim inspira en el pirata John Silver.
5. La *pata de palo de John Silver* y su facilidad para mantener el equilibrio a bordo pueden ser interpretadas como una metáfora de posibilidades de lograr nuestros propósitos a pesar de nuestras deficiencias.

5.4. Los personajes

En su novela, Stevenson diseña magistralmente una galería de entes de ficción que representan los dos universos antagónicos en los que se mueve el personaje principal, el joven Jim Hawkins. Este diseño cuida más, si se puede decir, los rasgos físicos que los psicológicos, pues será a través de su aspecto como veremos reflejados estos mundos.

Y en esta adaptación teatral, con ligeros cambios en los nombres de algunos personajes, podemos afirmar que éstos resultan más próximos al lector, y mucho más al posible espectador, al estar libres de todo elemento descriptivo y del propio hilo de la narración. Y es que cobran vida en la representación, amparados y subrayados por el resto de los lenguajes teatrales (luz, sonido, escenografía, vestuario, caracterización...).

El mundo burgués y ordenado estará representado por el doctor Livesey, Sir John Trelawney y el capitán Smollet. Los piratas Ben Gunn y Tom se mostrarán fieles a ese mundo.

Por otro lado está el mundo antagónico, el de la ambición, el de la falta de escrúpulos pero también el de la aventura y la libertad, representado por los piratas, capitaneados por John Silver *el Largo*. Les precede el capitán Billy Bones –involuntario iniciador de la aventura– y Morgan, Cooper *Tiquismiquis*, Caranegra, Jack *el Rata* y Gordon Greedy completan la tripulación pirata que, en esta versión teatral, llena el escenario.

5.4.1. *Los protagonistas*

5.4.1.1. Jim Hawkins

Comenzaremos hablando del joven protagonista, que vivirá un viaje iniciático en el que deberá enfrentarse con unas pautas de conducta contrapuestas, que le harán dudar e incluso bascular entre los dos mundos que va descubriendo: por un lado el mundo burgués, reglado, el de los convencionalismos, de la moral, defensor del orden establecido...; por otro, el mundo de los piratas, de los aventureros.

Jim Hawkins, el narrador de la historia, es un joven tímido, cuya vida transcurre en la posada de sus padres, abocado a vivir una aventura que no ha buscado pero que le dominará poco a poco. Se crecerá en los peligros y llegará a ser el héroe de la historia. Valiente, noble, impulsivo, inteligente, ingenioso..., siempre ayuda a sus amigos. Todo el tiempo sentimos en él la prisa por crecer, urgencia que nos muestra su rápido aprendizaje.

Jim sabe cómo actuar, pero desde un principio se sentirá atraído por la personalidad de John Silver, pieza esencial en la obra. Jim comienza admirando a Silver; lo ve casi como al padre que perdió. Con el regalo de un silbato se enciende la chispa de la comunicación entre el joven y el pirata y sus relaciones estarán marcadas por el afecto y el rechazo, dependiendo del comportamiento del pirata. Pero, a pesar de enfrentarse con él, Jim sentirá una atracción fatal hacia Silver, algo que hará que se gane nuestra simpatía al descubrir en el joven grumete uno de los rasgos más humanos, el de la contradicción. A pesar de su enorme deseo de aventuras, le oiremos decir al final de la obra: «ni atado con cadenas a una pareja de bueyes podría nadie obligarme a volver a aquella maldita isla». Aunque, tal vez, si un silbato le llamase desde la lejanía...

5.4.1.2. John Silver *el Largo*

Es el otro gran protagonista de la obra –más bien antagonista–; un personaje clave en la aventura. La quintaesencia del pirata: duro y ambicioso, lleno de temores, ambiguo en su comportamiento, desconcertante y atractivo a un tiempo. Con su muleta y su loro va tejiendo la trama oculta de la historia convirtiéndose en el cerebro de la búsqueda del tesoro. Se mantiene en equilibrio a bordo mejor que nadie, a pesar de su pata de palo. Un pirata que ganará nuestras simpatías al tratar con afecto a Jim. Hombre inteligente, sabrá hacer tratos con el doctor y Trelawney para intentar conseguir sus objetivos.

5.4.2. Los personajes del mundo burgués

5.4.2.1. El doctor Livesey

Representa con Trelawney y Smollet el contrapeso a la ambigüedad de Silver. Encarna la ley, el orden y la profesionalidad, pues, a pesar de luchar contra los piratas, está siempre dispuesto a asistirlos como médico. Es conciliador y todos le respetan. Actúa de acuerdo con sus valores sin perseguir el protagonismo. Tiene siempre un consejo o una reflexión para quien le quiere escuchar y es capaz de equilibrar las posibles diferencias entre Trelawney y el capitán Smollet.

5.4.2.2. Sir John Trelawney

Este caballero adinerado –llamado en la novela Squire– sufragará los gastos del viaje por su deseo, como los demás, de encontrar el tesoro y por ser amigo de aventuras. Generoso pero imprudente, por él se sabrá de la búsqueda del tesoro, su secreto a todas voces, y por ello toda la tripulación estará compuesta por piratas que desearán lo mismo, adueñarse del oro del legendario Flint. En ocasiones se enfrentará al capitán, pero acabará por acatar sus opiniones y sus órdenes.

5.4.2.3. El capitán Smollet

Gran conocedor del mar y de las leyes de la navegación, es profundamente responsable. A pesar de dudar de la calaña de la tripulación, se hace a la mar con ella. Tiene grandes dotes de mando, busca soluciones prácticas mediante una actuación lógica. Aunque de carácter algo distante, se gana el respeto y la confianza de los suyos, pero también es capaz de atraer a su causa a Tom, el único pirata que, por guardarle fidelidad, abandona a los de su bando.

5.4.3. *Los piratas*

5.4.3.1. El capitán Billy Bones

Viejo pirata que desencadena la aventura. Poseedor del cofre del célebre Flint, dueño del tesoro enterrado en la Isla del Esqueleto, en la posada de los padres de Jim, recibe «la tela negra», la terrible amenaza de los piratas. Aunque el doctor Livesey le brinda sus cuidados médicos, muere, víctima del ron, con el cofre en las manos. Es así como Jim se encontrará poseedor del cofre con el plano del tesoro.

5.4.3.2. Caranegra, Cooper *Tiquismiquis*, Jack *el Rata*, Morgan y Gordon Greedy

Son aventureros que viven de sus tropelías y robos en alta mar: amantes del ron, acostumbrados a la vida dura, llenos de supersticiones, violentos... Los hay ambiciosos, como Morgan, que nunca se sacia, o con deseos de poder, como Cooper *Tiquismiquis*. Representan el mundo pirata y no les importa el juego limpio, son ratas de bodega que luchan por una parte del botín.

5.4.3.3. Ben Gunn

Antiguo pirata abandonado en la isla. Ha encontrado el tesoro y lo guarda en su guarida. Se muere por un trozo de queso y, a la llegada de *La Hispaniola*, se posiciona junto al capitán y sus amigos. Atemoriza a los demás piratas simulando la voz del legendario capitán Flint, el dueño del tesoro.

Ambos mundos confluyen en los personajes de Jim y de Silver y, aunque están enfrentados por la posesión del tesoro, deberán ayudarse multitud de veces si quieren llegar a buen puerto.

6. LOS PIRATAS, LA LITERATURA Y EL CINE

6.1. Cuestión de nombres

Podríamos afirmar, sin temor a equivocarnos, que la piratería existe desde que existe la navegación, pues ya encontramos referencias a esta forma de pillaje en la *Ilíada* y la *Odisea*, hace casi tres mil años:

«De Ilion llevome al país de los cicones, en Ismaro. Entré a saco en la ciudad y maté a sus moradores. Repartimos las mujeres y el cuantioso botín equitativamente, sin que nadie se quedara sin su parte.»

HOMERO. «*Rapsoda novena*», *La Odisea*

Pirata proviene de un término latino que venía a significar 'persona que al margen de la ley asalta, roba y, en muchos casos, mata a los navegantes e incluso a aquellos que viven en la costa'. Por su parte, *filibustero* parece que es una corrupción del holandés *vrijbuiter*, que significa, como en inglés *freebooter*, 'aquel que obtiene un botín' (como es obvio, robando). Se aplicaba a los piratas que, después del descubrimiento de América, atacaban a los barcos que iban o volvían del Nuevo Mundo.

Parece ser que el primero que utilizó la palabra *pirata* fue el historiador romano Polibio, en el año 140 a.C. Con posterioridad, hacia el 100 de nuestra era, Plutarco da una primera definición: 'Los piratas son aquellos marinos que atacan sin autorización legal no sólo a barcos, sino también ciudades costeras'. Los *corsarios*, en cambio, actuaban con permiso real –la llamada *patente de corso*, otorgada por un estado– y sólo atacaban a los barcos de naciones enemigas. Tenían que dar al rey una parte del botín, y era una profesión considerada honorable. En las Islas Baleares, los corsarios tuvieron un papel destacado, hasta bien entrado el siglo XIX, ya que muchos nobles y comerciantes compraban barcos para dedicarlos a esta actividad, arriesgada pero lucrativa. De hecho, durante la Guerra de la Independencia, los corsarios mallorquines, mediante una paga fijada por las autoridades, escoltaban buques mercantes que iban a la Península o venían para que no fueran atacados por los corsarios franceses. Incluso llegaron a transportar mercancías y, en algún caso, pasajeros.

Los *bucaneros*, en principio, eran aventureros de diferentes países europeos, en su mayoría franceses, que en el siglo XVI ocuparon algunas islas de las Antillas que habían encontrado desiertas. Vivían de cazar cabras y toros salvajes y se caracterizaban por utilizar mucho una especie de parrilla llamada *bucan*, procedente de los indios de Brasil, para ahumar y conservar así la carne y el pescado. Del uso de dicha parrilla parece que procede su nombre. Los que habitaban la isla de San Cristóbal fueron expulsados, en 1630, por la escuadra española de Fadrique de Toledo y se refugiaron en la isla de la Tortuga y en el norte de Santo Domingo. A partir de entonces se unieron a los filibusteros y a los piratas ingleses y holandeses, que infestaban aquellos mares, y se dedicaron a saquear los barcos y las colonias españoles. Por tanto, *bucanero* y *filibustero* pueden ser sinónimos de *pirata*, pero solamente en el ámbito del Caribe.

6.2. Los piratas en la literatura: realidad y ficción

En realidad, sólo algunos autores privilegiados, como Exquemelin o Defoe, tuvieron ocasión de ser testigos de las aventuras de los piratas. Los demás escritores recuperaron en sus novelas un tiempo ya pasado y unos personajes inexistentes, lo que les permitió modelarlos y recrearlos a su antojo, atribuyéndoles una ferocidad, unas veces, o un espíritu caballeresco, otras, más acorde con el gusto de los lectores que con la realidad histórica. Jugando con las palabras, el escritor Seve Calleja,[6] dice que los piratas de la historia desaparecen para dejar sitio a las historias de piratas. Así pues, gracias a la literatura y más tarde al cine, los piratas se mantienen vivos y se perpetúan en los relatos infantiles y juveniles y han pasado a formar parte de ese universo común en el que siguen sembrando historias.

Si buscamos relatos de aventuras marinas, encontraremos una lista inacabable cuyo máximo exponente, a principios del siglo XVIII, es *Robinson Crusoe*, de Daniel Defoe, además de *La isla del Tesoro*, de Stevenson. Pero para no perdernos en el bosque de dicha lista, haremos un breve pero curioso recorrido histórico por una imaginaria biblioteca de historias con mar de fondo, siguiendo a los escritores Seve Calleja, y sobre todo a Pablo Martín, estudioso entusiasta del tema.

6.2.1. *Unos orígenes ilustres*

Una de las primeras veces que la piratería americana aparece en la ficción en la literatura europea es en *La Dragontea* (1598), el primer y menos conocido poema heroico de Lope de Vega, antiguo voluntario de la Armada Invencible. Un coetáneo de Lope, Cervantes, como ya sabemos, vivió en sus propias carnes la experiencia del cautiverio a manos de los piratas berberiscos; por tanto,

6. Este escritor y especialista en difusión de la lectura ha publicado libros sobre experiencias didácticas como *Lecturas animadas: Actividades de lectura en el bachillerato* (Ediciones Mensajero, 1988) y *Todo está en los cuentos: Propuestas de lectura y escritura* (Ediciones Mensajero, 1992).

no es de extrañar que también mencione la piratería en *El Quijote* o en sus obras de teatro *Los baños de Argel* y *Los tratos de Argel* (1605).

Bucaneros en América (1678) no es una obra de ficción, pero su influencia fue tan enorme que no podemos pasarla por alto. Su autor, Alexander Olivier Oexmelin o Exquemelin (h. 1645 - h. 1707) fue un hugonote (protestante) francés que sirvió de médico en la flota del pirata inglés Henry Morgan, y en este libro, publicado por primera vez en Ámsterdam, cuenta sus experiencias, en especial el sangriento saqueo de la ciudad de Maracaibo. La obra inspiró muchas imitaciones y otras historias.

Por su parte, el novelista inglés Daniel Defoe (1660-1731) vivió cuando la piratería en América vivía su edad de oro. Es el autor del primer clásico de las novelas de piratas, *Vida, aventuras y peripecias del famoso capitán Singleton* (1720), así como de otro clásico de este tipo de literatura, *Robinson Crusoe* (1719), que nos habla de la fascinación que ejercen la soledad y las penurias de los náufragos. Este motivo literario lo volveremos a encontrar en *El Robinson suizo* (1812), de J. D. Wyss y J. R. Wyss, en *La isla de coral* (1857), de R. N. Ballantyne o en *El señor de las moscas* (1954), de William Golding.

6.2.2. *El fin de la edad de oro y el comienzo de la ficción literaria*

La edad de oro de la piratería americana tuvo lugar en la última mitad del siglo XVII, en coincidencia con la decadencia del imperio español. Después de haber cumplido su misión de ayudar a erosionar el poder de dicho imperio, los piratas dejaron de ser un instrumento necesario para algunos estados y se transformaron en una molestia para todos. Por eso, en 1716, se lanzó la campaña definitiva de exterminio, de manera que para 1730 ya eran historia. A partir de este momento, las historias de piratas fueron una más de las formas de cultivar la nostalgia y el puro pasatiempo, como antes lo habían sido las novelas de caballería. Esto fue vital para el éxito masivo del género, como también lo fue el hecho de que los autores anglosajones, y mucho más tarde el cine, se esforzaran por revestir de nobles ideales una actividad cuyo motor siempre fue la mera codicia.

Julio Verne (1825-1905) escribió varias historias con piratas como personajes. Su pirata por excelencia es el capitán Nemo (1868-1874), protagonista de *Veinte mil leguas de viaje submarino* y *La isla misteriosa.* Las dos novelas presentan a Nemo ('nadie' en latín) en forma diferente, hasta contradictoria. En la primera es un europeo blanco y en *La isla misteriosa*, el príncipe Dakkar, hijo de un rajá indio, crecido en el odio al conquistador británico, que desarrolla un avanzado submarino, el *Nautilus.* Él y su leal tripulación navegan por los mares, combatiendo la injusticia, especialmente la esclavitud.

Emilio Salgari (1862-1911) es autor de varias narraciones de piratas, que tienen en común que son historias de aventuras, con héroes románticos y audaces que luchan por ideales, en medio de las selvas y el mar. En *Los tigres de la Malasia* (1895-1913), se narra la historia del célebre Sandokán, noble malayo y héroe que aparecerá en otras historias, a quien los ingleses arrebatan su reino y matan a sus padres.

Este autor inicia toda una dinastía de piratas con *El corsario negro* (1898) seguida por *La reina de los Caribes* (1901), *Yolanda, la hija del corsario negro* (1905), *El hijo del corsario rojo* (1908) y *Los últimos filibusteros* (1908) que nos narra las aventuras del señor de Ventimiglia, convertido en bucanero para vengar la muerte de uno de sus hermanos.

Peter Pan, el célebre niño que no quería crecer, tenía un archienemigo, el capitán Hook. *Hook* significa «garfio» en inglés, y a la vez sugiere un juego de palabras con el célebre navegante inglés James Cook. El escocés James Matthew Barrie (1860-1937) hacía aparecer a ambos personajes en un episodio de su obra *El pequeño pájaro blanco* (1902). Dos años después adaptó el episodio para teatro en *Peter Pan o el niño que no quería crecer*, y en 1906, por fin, se publica *Peter Pan en los jardines de Kensington.* En 1911 apareció la novela final, *Peter y Wendy.*

Cuando el cine comenzaba a asentarse como espectáculo de masas apareció *El capitán Blood* (1922-1936), una novela de aventuras del escritor ítalo-británico Rafael Sabatini (1875-1950). Después de haber creado personajes célebres como Scaramouche y haber publicado otras novelas de piratas como *El halcón de los mares* (1915) o *El cisne negro* (1932), Sabatini se inspiró en la vida de Henry Morgan y escribió dos novelas más con su personaje: *El retorno del capitán Blood* (1930) y *Las fortunas del capitán Blood* (1936).

Jorge Luis Borges, en *Historia universal de la infamia* (1935), nos narra las aventuras de la viuda de Ching, un almirante pirata envenenado por sus aliados. Su viuda toma el mando de los piratas con mano de hierro y los lleva a una campaña en la que el éxito les sonríe repetidas veces.

Y llegamos al cómic. *Una ballata del mare Salato* es una historia de piratas excelente, más allá de su carácter de historieta (apareció entre 1967 y 1969 en la revista italiana

Sargento Kirk), y es el punto de partida de la saga de uno de los mejores personajes marinos de la última parte del siglo XX: el indómito aventurero Corto Maltés, uno de los hitos más importantes en la historia del cómic. Su creador, el italiano Hugo Pratt, narra sus aventuras, que fueron publicadas en la revista francesa *Pif.*

6.2.3. *Otras novelas del siglo XX*

De finales del siglo XX citaremos, aunque no se trate propiamente de relatos juveniles, *Piratas*, de Alberto Vázquez Figueroa o algunas recreaciones históricas como *El galeón de Argel*, de Bartolomé Benassar; *El tesoro de Morgan*, de Robert Magerit; *Lord Jim*, de Joseph Conrad, *La posada Jamaica*, de Daphne du Maurier o la serie que Patric O'Brian dedica a relatar las aventuras de dos marinos ingleses, con títulos como *Operación Mauricio*, *La fragata Surprise*, *Isla Desolación* o *Misión en Jonia*. Merecen ser citadas también algunas selecciones de relatos de piratas como la de A. Conan Doyle, *Historias de piratas y del agua azul* y la antología de diferentes autores clásicos *Historias de la piratería.*[7]

6.2.4. *Novelas de piratas actuales*

Las historias de aventuras sobre el mundo de los piratas siguen vigentes en la literatura para jóvenes actual: así *Los filibusteros del uranio*, de André Massepain, nos relata el rapto de unos jóvenes llevados a trabajar entre esclavos a una mina clandestina de uranio. *Sentinels*, de Peter Carter, también gira

7. Miraguano, Madrid, 1998.

en torno al comercio de esclavos. *Los piratas del Ranghum*, *En el mar de China* y *El fugitivo de Borneo*, de Juan Madrid, forman una trilogía alrededor de las peripecias de una panda de adolescentes de hoy que, de la mano de personajes como el viejo pirata Salvador, rememoran las hazañas y la época de Sandokán, o *La isla soñada*, de Fernando Martínez Gil, que narra el viaje de un joven a la Polinesia del siglo XVIII en busca del paraíso perdido; *El viaje de Ramón Cárter a la isla del Tesoro* de J. Francisco Ventura, sobre el viaje imaginario de un chico de hoy en *La Hispaniola* junto a Jim Hawkins ya adulto; *Aún quedan piratas en la Costa de la Muerte* de Consuelo Jiménez de Cisneros, recreación de las evocaciones de la novela de Stevenson en dos adolescentes gallegos, o *La isla de los esclavos felices* de Seve Calleja, en torno a las peripecias estivales de una cuadrilla urbana que, imbuida por las historias leídas, emprenden viaje a bordo de un barco pirata simulado hacia la isla de Izaro.

Entre los relatos de ciencia ficción, es fácil encontrar piratas futuristas en obras como *Los piratas de Skaith*, de Leigh Brackett; *Los piratas de Venus*, obra del creador de Tarzán, Edgar Rice Burroughs, o la ya clásica historia de Isaac Asimov, *Los piratas de los asteroides*.

Además de las aventuras de Corto Maltés, no faltan los cómics que abordan el mismo tema ni tampoco los juegos de rol expresamente dedicados al mundo de la piratería, como *¡Al abordaje!*

También se han escrito las historias de piratas, casi siempre en clave humorística, para los más pequeños, como *El pirata Garrapata*, de Juan Muñoz; *Un baúl lleno de piratas*, de Ana Rosetti; *La guarida de los piratas*, de Carmen Kiffer; *Una de piratas*, de J. L. Alonso de Santos; *Mi hermana Clara y el secreto de los piratas*, de Dimiter Inkiow, o *Piratas en la casa de al lado*, de Peter Tabern, entre otros.

Son muchas, por otra parte, las obras de divulgación sobre la navegación, emparentadas directa o indirectamente con el mundo de los piratas. La colección «El Gran Encuentro», editada por SM y la Sociedad Estatal Quinto Centenario, publicaba en 1992 veinte títulos breves: *Los grandes conquistadores, El Dorado, La vuelta al mundo de Magallanes*... La colección «Tus Libros», de Anaya, incluye *Diario de a bordo de Cristóbal Colón* y *Naufragios*, de Álvar Núñez Cabeza de Vaca, navegante de la época del Descubrimiento; la colección «Gran Angular» de SM incluye *El capitán James Cook*, de John Hooker; Editorial Juventud, por su parte, ha editado algunas obras sobre navegantes, buscadores de tesoros y aventureros en la serie «Viajes».

Como dice Pablo Martín, en este comienzo del siglo XXI no abundan las novelas de piratas que dejan huella, tal vez porque, como dijo Pratt, «en un mundo donde todo es electrónico, donde todo se encuentra calculado e industrializado, no hay lugar para un tipo como Corto Maltés». Pero el éxito en el cine de *La maldición de la Perla Negra* o *Piratas del Caribe* demuestra que el entusiasmo por las aventuras de los lobos de mar no ha desaparecido.

6.3. Los piratas en el cine

Seve Calleja, en el apéndice a su obra *Los bandidos del mar: Breve historia de la piratería*,[8] incluye un recorrido por el cine de piratas que dice así:

8. Espasa Calpe, Madrid, 1999.

> La mayoría de las películas clásicas de piratas se basa en una no menos clásica novela, ya sea para imitarla o para superarla. El mar ha estado siempre ligado a la aventura. Cuando nace el cine, ya no existe la navegación a vela y, sin embargo, el *bergantín* y el *galeón* seguirán siendo los barcos por excelencia que son, precisamente, el territorio de los piratas y, con ellos, de los abordajes, los motines y la búsqueda de tesoros.

Recordemos toda una serie de películas que de una manera documental nos han narrado mediante el lenguaje cinematográfico grandes epopeyas, como *Rebelión a bordo*, de Frank Lloyd (1935), y su versión de 1960, de Milestone, que relata la historia del motín más célebre de la historia y la literatura: el motín de la *Bounty*, novelado por Nordhoff y Hall, y también por Julio Verne a partir de un hecho real. A la sombra de esta exitosa historia surgirán otras parecidas como *Rebelión en alta mar* (John Frarrow, 1946) y *Motín en el Defiant* (Lewis Gilbert, 1961). Se trata de historias en las que no faltan las galernas, los riesgos de abordaje ni, con frecuencia, la dama a bordo que justifique las acciones temerarias del protagonista. En esto, Raould Walsh mostró su maestría con películas como *Gavilanes del estrecho* (1953), *El mundo en sus manos* (1952) o *El pirata Barbanegra* (1952), esta última en tono cómico.

Pero también podemos hablar del cine de piratas por excelencia en el que la aventura desplaza al rigor histórico. Se trata, a menudo, de historias en las que el espectador se sitúa del lado de los piratas, que suelen ser seres proscritos de nobles sentimientos, como Sandokán o el capitán Blood, o bandidos generosos recuperados de la leyenda, como Kidd, Roberts y tantos otros bucaneros inspirados en obras literarias.

El italiano Enrico Guazzoni llevó a la pantalla a los personajes creados por Emilio Salgari en *La hija del corsario verde* (1940) y *Los piratas de la Malasia* (1941) y no hay que olvidar la célebre serie televisiva *Sandokán*, protagonizada por Kabil Gibran.

Si R. Walsh fue el gran creador de epopeyas marineras, Cecil B. de Mille ha pasado a ser considerado el especialista de los grandes abordajes piratas, en películas como *Corsarios de Florida* (1938) –titulada *Los bucaneros* en la versión posterior de Anthony Quinn (1958)–, en torno al corsario francés Jean Lafitte y las luchas de americanos contra ingleses, y *Piratas del mar Caribe* (1942), ambientada en el siglo XIX.

Existen algunas películas de piratas narradas en tono amable y desenfadado como *La princesa y el pirata*, protagonizada por Bob Hope (David Butter, 1944), o *El temible burlón* (Robert Siodmak, 1952), protagonizada por Burt Lancaster.

Pero, sin duda, el film de piratas mítico por excelencia es la versión de *La isla del Tesoro*, de Victor Fleming (1934), a la que han sucedido otras versiones posteriores. Y si hay que mencionar otra de las grandes películas del género, y esta vez por lo que tiene de antimito, aun utilizando al niño como protagonista, es *Viento en las velas*, de Alexander Mackendrick (1965), basada en la novela de Richard Hughes, *Huracán en Jamaica*.

Y no podemos dejar de aludir a películas más recientes, en las que se nos ofrece la aventura por la aventura a través de la acción trepidante unas veces, como en *La isla de las cabezas cortadas*, o el homenaje que Spielberg hace al capitán Garfio y a Peter Pan en *Hoock*, y hasta la recreación plástica que a los ojos de los niños actuales se hace del mundo de los piratas en *Los Goonies*.

7. Y PARA FINALIZAR, UN POEMA

Cerramos este recorrido alrededor de la novela, su versión teatral y los aledaños que a más de uno despertará la sed de aventuras, con el hermoso poema que Stevenson dirige al comprador indeciso, como prefacio a *La isla del Tesoro*:

> «Si los cuentos que narran los marinos
> hablando de temporales y aventuras,
> de sus amores y sus odios,
> de barcos, islas, perdidos Robinsones
> y bucaneros y enterrados tesoros
> y todas las viejas historias, contadas una vez más
> de la misma forma que siempre se contaron
> encantan todavía, como hicieron conmigo
> a los sensatos jóvenes de hoy
> ¿qué más pedir?
> Pero si ya no fuera así,
> si tan graves jóvenes hubieran perdido
> la maravilla del viejo gusto
> por ir con Kingston o con el valiente Ballantyne,
> o con Cooper y atravesar bosques y mares:
> bien. ¡Así sea! Pero que yo pueda
> dormir el sueño eterno con todos mis piratas
> junto a la tumba donde se pudran ellos y sus sueños.»

El Abanico
(València, 20 de enero de 2010)

La isla del Tesoro

A Senina y a Ariel,
nuestros tesoros más preciados

PERSONAJES
(por orden de intervención)

Jim Hawkins
Capitán Billy Bones
Caranegra
Doctor Livesey
Cooper *Tiquismiquis*
Jack *el Rata*
Sir John Trelawney
Morgan
Gordon Greedy
Capitán Smollet
Dick *Lenguasuelta*
John Silver *el Largo*
Ben Gunn

PRÓLOGO

(Luz sobre JIM.*)*

JIM. Mi nombre es Jim Hawkins... Sir John Trelawney, el doctor Livesey y otros nobles caballeros me han pedido que os relate los incidentes ocurridos en la isla del Tesoro, sin omitir detalle. Exceptuando, claro está, la ubicación de la isla, ya que una gran parte del tesoro permanece oculta todavía allí.

Todo empezó en El Almirante Benbow, la posada de mis padres, donde aquel viejo navegante se alojó... Era un hombre receloso que pasaba los días merodeando por la cala y los acantilados, siempre provisto de un gran catalejo...

(La voz de JIM *se funde con la música, al tiempo que sobre él se hace el oscuro y crece el ambiente general en el escenario.)*

ESCENA I

La taberna del mar

(Inglaterra, siglo XVIII. *Nos encontramos en una taberna cercana al mar. Rumor de olas.* Billy Bones *–el* Capitán*– obliga a cantar a los demás clientes de la taberna. Viste ropas raídas y una larga cicatriz surca su rostro. Sin dejar de beber de una jarra de ron, maneja un catalejo con arrogancia.)*

Capitán. «Quince hombres en el cofre del muerto. Ron, ron, ron, la botella de ron.»

¡Eh, Jim, tráeme otra jarra...! *(Los clientes han ido abandonando el local paulatinamente.)* ¡Jim! ¿No me has oído? ¡Ponme otra jarra! *(Se incorpora para mirar a través del catalejo.)*

Jim. Capitán, ya habéis bebido bastante.

Capitán. Vamos, camarada, trae otra jarra.

Jim. Pero, capitán, el doctor dejó dicho que...

Capitán. ¡Por Júpiter! ¡Los médicos son todos unos farsantes! ¿Qué sabrán ellos de los hombres de mar?

Jim. Por hoy ya es suficiente, capitán. Cuando venga el doctor...

CAPITÁN. ¡Mi maldición caerá sobre ti y sobre ese medicucho charlatán!
JIM. Está bien, señor...

(JIM obedece resignado. El CAPITÁN sonríe y vuelve a cantar.)

CAPITÁN. «Quince hombres en el cofre del muerto. Ron, ron, ron, la botella de ron.» *(JIM le entrega la jarra.)* Gracias, Jim, eres un buen muchacho. *(Bebe con desesperación.)* No hay nada como un buen trago para hidratar el gaznate. ¿Qué es un marino sin ron?
JIM. *(Ayudándole a levantarse.)* Y ahora, a descansar, capitán...
CAPITÁN. De acuerdo; pero tú vigila por si aparece el pirata de la pata de palo...
JIM. Sí, señor, estaré alerta como todas las noches.
CAPITÁN. Hoy te daré tres guineas de plata más.
JIM. Muchas gracias, capitán... Y ahora, a la cama.
CAPITÁN. Tienes razón, Jim... ¡Por Júpiter que la tienes! Mañana te contaré mi aventura en la isla de la Tortuga... ¡Ah, Jim, aquellos sí que eran tiempos!
JIM. Sí, capitán.
CAPITÁN. Jim, tú eres la única persona aquí en quien puedo confiar... Escúchame bien: si no logro escaparme, si me marcan con la Negra, recuerda que lo que buscan es mi viejo cofre.
JIM. ¿Qué es la Negra, capitán?

CAPITÁN. Es un aviso, camarada. Tu mantén los ojos bien abiertos, muchacho, y te juro por mi honor que iremos a partes iguales.

JIM. ¿Quién os busca, capitán?

CAPITÁN. La tripulación del capitán Flint.

JIM. ¡El capitán Flint!

CAPITÁN. Sí, joven. Yo era su segundo de a bordo, y también el único que sabe dónde está lo que buscan. *(Amenazándole.)* ¿Pero tú no abrirás el pico, eh? Sólo si me descubren y me marcan con la Negra... Ah, y si aparece el pirata de la pata de palo, sobre todo ése...

JIM. Podéis confiar en mí, capitán.

CAPITÁN. ¡Y ahora, muchacho, déjame! ¡No quiero descansar! Tráeme más ron...

CARANEGRA. *(Entrando bruscamente.)* ¡Bill! ¡Billy Bones! *(Es una figura siniestra, ciego. Viste un capote de marinero desgarrado y viejo con capucha. El CAPITÁN lo reconoce, y enseguida su semblante cobra una palidez intensa. Como si se le hubiese aparecido el mismísimo diablo.)* Vamos, Bill. ¿No reconoces a un viejo amigo?

CAPITÁN. ¡Caranegra!

CARANEGRA. El mismo, que viene a saludar a su antiguo camarada Bill... Ah, Bill, Bill... ¡Las cosas que hemos vivido juntos! *(Ríe.)*

CAPITÁN. *(Intentando disimular su temor.)* ¡Desembucha de una vez! ¿Qué quieres de mí?

CARANEGRA. ¡Ah, eres el Bill de siempre!... Tienes razón... Hablemos... Pero antes hidratemos el gaznate... ¡Tú, mocoso, tráenos ron! *(JIM, algo asustado ante la presencia de CARANEGRA sirve ron con diligencia.)* Ahora hablaremos tú y yo como viejos camaradas. *(A JIM.)* ¡Y tú, lárgate!... ¿No me has oído, bribón? ¡Fuera! *(JIM se aleja de ellos, pero antes de salir se oculta con disimulo.)* Resumiendo, Bill, quiero que me lo des...

CAPITÁN. *(Entre dientes.)* ¡Que te ahorquen, Caranegra!

CARANEGRA. Sabes bien lo que te espera si no lo haces. *(Arroja una tela sobre la mesa.)*

CAPITÁN. ¡Canalla!

CARANEGRA. Ahora ya está hecho... *(El CAPITÁN se abalanza sobre el cuello de CARANEGRA, que se deshace de él como puede.)* ¡Eres hombre muerto, Bill! ¿Me oyes? ¡Muerto!... *(Sale.)*

CAPITÁN. *(Coge la tela y se queda mirándola, horrorizado.)* ¡Por mil garfios que os degollaré a todos, uno a uno! *(Se lleva la mano al pecho como si hubiera recibido un fuerte golpe.)* ¡Jim, ron!... ¡Jim, ron!...

JIM. ¿Estáis herido, capitán?

CAPITÁN. Tengo que huir de aquí... ¡El cofre, tráeme el cofre! ¡No consentiré que se lo lleven!... (*Cae al suelo, agonizante.)* ¡Ron, Jim, ron!...

JIM. *(Le da de beber.)* Tranquilizaos, señor.

CAPITÁN. *(Delirando.)* Jim, el viejo Flint me espera...

JIM. Os traeré la medicina...

CAPITÁN. El cofre, Jim..., el cofre... *(JIM sube al altillo a buscar la medicina y el cofre del CAPITÁN.)* Mares en tinieblas... Tierras que abrasan... Jim..., el cofre... El capitán Flint...

(Muere. Entra el DOCTOR LIVESEY.)

DOCTOR. Jim, Jim... *(Ve al CAPITÁN en el suelo y va hacia él. Lo examina.)*

JIM. Doctor. ¡Menos mal que habéis llegado! *(Deja el cofre en el suelo y entrega el medicamento al DOCTOR.)*

DOCTOR. *(Con gesto de contrariedad.)* Ya se lo advertí... Jim, cierra bien la puerta. *(JIM obedece. Nervioso, coge la tela negra.)* ¿Quién era ese hombre?... ¡Jim! ¿Quién era el hombre que acaba de salir?

JIM. Un pirata, doctor. El capitán le llamó Caranegra... Le dio esto. *(Le muestra la tela.)*

DOCTOR. Ahora lo entiendo, la marca negra. Cuando un pirata recibe esto su vida no vale un penique.

JIM. Ese Caranegra buscaba algo... Y el capitán me habló de este cofre...

DOCTOR. No hay tiempo que perder, Jim. Es preciso averiguar lo que contiene.

(El DOCTOR registra los bolsillos al difunto hasta que encuentra la llave del cofre. Se oyen violentos

golpes que aporrean la puerta. El DOCTOR *se queda petrificado.* JIM *se asoma por una ventana.)*

VOZ DE CARANEGRA. ¡Es por aquí!
JIM. Es el mismo de antes. Seguro que viene a buscar el cofre.
DOCTOR. Vamos, Jim. Pongámonos a salvo.
JIM. Salgamos por detrás. Hoy la niebla es muy espesa.
DOCTOR. Bien.
VOZ DE CARANEGRA. ¡Hay que derribar la puerta! ¡Vamos! ¿A qué esperáis?

*(*JIM *y el* DOCTOR *escapan con el cofre. Se oye el fuerte golpe de la puerta al caer. Entra* CARANEGRA*, seguido de dos piratas. Son* COOPER *y* JACK.*)*

CARANEGRA. ¡Vamos, adentro!
COOPER. ¡Bill está muerto!
JACK. Sí, la ha diñado. *(Ríe.)*
CARANEGRA. ¡Maldita sea!.. ¡Registradlo! ¡Vamos, haraganes, buscad ese cofre!
COOPER. *(Tras mirar en el altillo.)* El cofre no está aquí...
CARANEGRA. *(Enfurecido.)* Se nos han anticipado...
COOPER. Alguien se ha llevado ese maldito cofre.
CARANEGRA. Y con él lo que buscamos.
COOPER. *(Mirando a su alrededor.)* Habrá dinero.

CARANEGRA. ¡El pergamino de Flint es lo único que importa! *(Tantea el aire con desesperación.)* ¡Registrad bien a Bill!

JACK. A Bill ya lo han escudriñado a fondo. Está limpio.

CARANEGRA. ¡Seguro que ha sido el chico de la posada! ¡Debí arrancarle los ojos a ese renacuajo! ¡Hay que registrar todo esto hasta que aparezca! ¡No debe de andar muy lejos!

(Se oye un silbido.)

JACK. ¡La señal!

COOPER. ¡Es Dick!

JACK. Hay que largarse, muchachos.

CARANEGRA. ¡Lárgate tú, inútil! Dick siempre ha sido un miserable cobarde... ¡No le hagáis caso!

COOPER. ¡Deja de ladrar y vámonos!

CARANEGRA. ¡Maldita estampa la mía! ¡Buscad a ese mocoso! ¡No puede andar muy lejos!

COOPER. ¡Yo me largo, aquí no hay nada que hacer!

CARANEGRA. ¡No! ¡Separaos y buscad a ese chico, perros malditos!

COOPER. ¡Que te zurzan! ¡Vámonos!

CARANEGRA. ¡Tenéis una fortuna al alcance de vuestras manos, cretinos!... ¡Y acudís como perros sumisos al silbido de vuestro amo!... *(Golpea el aire furiosamente con su garrote.)* ¡Seremos ricos como reyes si encontramos ese papel! ¡No estoy dispuesto a perder mi parte por culpa vuestra! *(COOPER detiene su mano y esgrime un puñal.)* ¿Qué haces, Cooper? Cooper, no...

COOPER. *(Hundiendo en él su puñal.)* ¡Que el diablo te cobije!

(JACK ríe nerviosamente mientras mordisquea una zanahoria. Oscuro.

Luz sobre JIM.)

JIM. *(Al público.)* Aquella misma noche fuimos recibidos en la mansión de Sir John.

ESCENA II
La mansión de Sir John

Sir John. Espero que se trate de algo sumamente importante, doctor. Sólo eso justificaría el haber interrumpido mis mejores horas de sueño.

Doctor. Desde luego que lo es, Sir John... Ah, Sir John, permitidme que os presente a Jim Hawkins.

(Jim, saluda tímidamente con una breve inclinación.)

Sir John. Ah, sí, el joven de la posada.

Doctor. Bien, señor... ¿Os importa que fume?

Sir John. En absoluto, doctor.

Doctor. Gracias, entonces... *(Se detiene para encender su pipa.)* Comenzaremos por el principio...

Sir John. *(Impaciente.)* Sí, sí, será lo mejor.

Doctor. Sir John, ¿habéis oído hablar del capitán Flint?

Sir John. ¡Ah! ¡El capitán Flint! ¡Desde luego! ¿Quién no ha oído hablar de él? *(A Jim.)* El pirata más sanguinario que surcó los mares... Cuentan que hasta Barbanegra temía sus arrebatos...

Doctor. Bien, pues en la posada yace el cadáver de su segundo de a bordo.

Todo indica que sus antiguos compinches, guiados por su codicia, han acabado con él.

Sir John. ¡Santo cielo! Dicen que Flint atesoró tanta riqueza que resultaría imposible reunirla en esta casa.

Doctor. Así es. Y no es difícil deducir que esos rufianes persiguen dicha fortuna. Esa carne de horca sabía lo que buscaba.

Sir John. *(Muy interesado.)* Así pues... ¿qué sugerís vos, doctor?

Doctor. Si yo tuviera en mi poder alguna indicación del lugar donde Flint escondió su tesoro, ¿qué valor supondría para nosotros?

Sir John. ¿Qué valor? Oídme bien; si lo que decís es cierto, estoy dispuesto a fletar y equipar un barco que nos conduzca hasta ese lugar. Ni que decir tiene que vos, doctor, y el joven Hawkins formaríais parte del proyecto. Ese tesoro será nuestro aunque tengamos que dedicar un año a buscarlo.

Doctor. Magnífico. Muy bien, Sir John... y ahora, si Jim está de acuerdo, os mostraremos el contenido de este cofre.

Sir John. ¡Un cofre!

Doctor. *(Con un gesto.)* Jim...

(Jim le entrega la llave del cofre. Tras abrirlo, el Doctor extrae diversos objetos ante las muestras

de admiración de SIR JOHN. *Finalmente, saca también una especie de pergamino enrollado.)*

SIR JOHN. *(Abriéndolo.)* ¡Un mapa!

DOCTOR. En efecto... *(Examinándolo.)* Aquí están las instrucciones; es una isla: «árbol sobre la colina del Catalejo, norte, noroeste, Isla del Esqueleto, este, suroeste, diez pies...». Sin duda es el mapa de un tesoro.

SIR JOHN. ¡Increíble, Hawkins! ¡Extraordinario, doctor! Tenemos que celebrarlo... ¿No os tienta abandonar de inmediato esta vida de perros? ¡En tres semanas, en dos si fuera posible!... ¡No! ¡En diez días dispondremos del barco mejor equipado! ¡Y de la mejor tripulación de Inglaterra! Hawkins, tú serás nuestro grumete. Vos, doctor, ejerceréis como médico de a bordo. ¡Yo seré el almirante!... *(Acaricia y contempla el mapamundi de un globo terráqueo que decora la estancia.)* Y si los vientos nos son propicios la travesía resultará fácil. Hallaremos el tesoro sin mayor dificultad y luego... ¡Ah! Luego el dinero acudirá a nosotros a raudales... Viviremos en la abundancia durante el resto de nuestras vidas...

DOCTOR. Sir John, iré con vos, y Jim también formará parte de nuestra empresa. Pero hay una persona a quien temo...

SIR JOHN. ¡Decidme sin dilación el nombre de ese rufián!

DOCTOR. Vos...

SIR JOHN. ¿Yo?

DOCTOR. Sí, vos; es de sobra conocida vuestra lengua prodigiosa. Los truhanes que esta noche han asaltado la posada, y aun otros que estoy convencido no deben de andar muy lejos, también están decididos a hacerse con este suculento botín. Ninguno de nosotros debe quedarse solo hasta la hora de zarpar. Y, sobre todo, es de vital importancia no decir ni una sola palabra de todo lo expuesto aquí.

SIR JOHN. No habréis de temer por mí, doctor. Seré una tumba.

(Oscuro rápido. Luz sobre JIM.*)*

JIM. *(Al público.)* Y así fue como me vi, a bordo de *La Hispaniola*, la goleta fletada por Sir John.

ESCENA III
En el barco

(Jim Hawkins, embobado, avanza entre los marineros, mientras dos de ellos discuten acaloradamente. Son Morgan y Jack.)

Morgan. ¡Eres un maldito embustero, Jack! ¡Siempre acabas enredándolo todo! ¡Te repito que en aquella ocasión murieron diez hombres por escorbuto!

Jack. ¡Por cien mil sepias cautivas, Morgan! ¡No vuelvas a llamarme embustero! ¡Tengo testigos que pueden corroborar mi aseveración! ¡Fueron doce los muertos por escorbuto! ¡Y no quiero oír ni una palabra más sobre este asunto!...

(Continúan discutiendo al tiempo que realizan su trabajo. Entra Sir John, seguido de un marinero, cargado con un pesado equipaje.)

Sir John. *(Al marinero.)* El barril de las manzanas en la cubierta, y el resto a mi camarote... ¡Eh, Jim!

Jim. ¡Sir John!

Sir John. ¿Qué?... ¿Qué te parece todo esto, muchacho?

Jim. *(Ilusionado.)* ¡Es fantástico, señor!

Sir John. ¡Y sólo es el principio, Jim! Viviremos la aventura más fabulosa que hayan conocido los mares. Se hablará de nuestra gesta por doquier. A propósito, ¿ha llegado el doctor Livesey?

Jim. Sí, Sir John. Está con el señor Smollet.

Sir John. Smollet... ¿Smollet?...

Jim. Será nuestro capitán, señor.

Sir John. ¡Ah, claro, sí... el capitán Smollet! *(Entra Gordon cargado con fardos, cazuelas y sables.)* ¡En fin, no sé quién es, pero seguro que su audacia y gran valor nos conducirán presto a la isla del Tesoro!

Jim. ¡Chiisst!

(La actividad de los marineros se detiene.)

Sir John. Quiero decir a... *(Gordon ríe. Algunos sables se le caen al suelo.)* ¿Qué te hace tanta gracia, marinero?... Deberías saber que...

(Entran el Capitán Smollet y el Doctor. El Capitán es un hombre de semblante austero, que impone respeto.)

Smollet. ¿A qué viene este desorden? ¿Qué significa tanto alboroto?

GORDON. *(Intentando ocultar los sables.)* Mil perdones, señor...

(SIR JOHN se esfuerza por captar la atención del CAPITÁN sin conseguirlo.)

SMOLLET. *(A GORDON.)* ¿Y esas armas?

GORDON. Son útiles de cocina de John Silver, señor.

SMOLLET. ¿Silver?

GORDON. John Silver, *el Largo*, señor.

SMOLLET. ¿Y tú quién eres?

GORDON. Gordon Greedy, a vuestro servicio.

SMOLLET. ¿Greedy?.. No pareces hombre de mar.

GORDON. ¡Por cien mil tiburones! ¿Bromeáis, señor? He navegado a bordo de balleneros durante siete años. Dadme un arpón y atravesaré con él todo aquello que se mueva...

SMOLLET. No será menester... Puedes retirarte.

SIR JOHN. *(Plantándose ante SMOLLET.)* Parece que vos aún no sabéis que soy el dueño de esta nave.

DOCTOR. Capitán Smollet... Sir John Trelawney...

(SMOLLET mira al DOCTOR. Luego se dirige a SIR JOHN con una leve inclinación.)

SMOLLET. Quiero que sepáis, señor, que mi misión no consiste en buscar tesoros.

Sir John, Jim y Doctor. ¡¡Chiisst!!

Doctor. *(En voz baja a Smollet.)* ¿Cómo habéis podido saber eso?

Smollet. ¡Es difícil ignorar lo que se pregona a babor y estribor!

Doctor. Pero yo pensaba que... *(Mira alternativamente a Jim y a Sir John. Jim le hace un gesto negativo y Sir John agacha la cabeza.)* Sir John, ¿Habéis revelado a alguien nuestro secreto?

Sir John. ¿Eh?...

Doctor. *(Le mira fijamente. Con severidad.)* ¿Sir John...?

Sir John. *(Esquivo.)* No me parece apropiado convertir esto en un interrogatorio...

Smollet. Seré claro, señores. Todo esto me da mala espina.

Sir John. ¿Qué insinuáis?

Smollet. Es difícil solapar lo que está en boca de todos. No saldremos con buen pie de esta aventura... *(Mira a su alrededor.)* Tampoco me convence el personal que pulula por aquí...

Sir John. Habréis de saber que estos hombres, reclutados por John Silver...

Smollet. ¿Silver?

Sir John. Es un hombre avezado en estos menesteres... *(Se dirige a un marinero que lleva un parche en un ojo.)* ¡A ver, usted, marinero!

Cooper. Timonel, señor.

SMOLLET. ¿Timonel?... ¿Qué broma es esta? ¡Identifíquese!

COOPER. Cooper *Tiquismiquis* a su servicio, señor.

SMOLLET. ¿Tiquismiquis?... No creo que con un solo ojo pueda llevarnos muy lejos...

COOPER. Fue perder el otro y descubrir mi habilidad. ¿Veis aquel barco que navega a lo lejos, señor?

SMOLLET. Sin dificultad alguna.

COOPER. Ciertamente, señor. Pero... ¿podríais decirme cuántas gaviotas vuelan a su alrededor?

SMOLLET. ¿Adónde quiere ir a parar, timonel? ¿Acaso usted puede verlas?

COOPER. Así es, señor. El ojo que perdí tan sólo me servía para distraer la atención del que me queda. Antes era bizco y ahora soy tuerto, señor. Pero con este ojo puedo avistar el más mínimo detalle en la distancia. De las cinco gaviotas que acompañan a aquel barco, tres son hembras. ¿Queréis saber algo más, señor?

SMOLLET. No, ya he tenido suficiente.

COOPER. Siempre a vuestro servicio, capitán.

(Se retira. Se oyen las voces de MORGAN y JACK que discuten acaloradamente. Podría decirse que están algo borrachos.)

MORGAN. ¡Te repito que en aquella ocasión murieron diez hombres, Jack!

JACK. ¡Fueron doce los hombres muertos por escorbuto! Y no quiero oír ni una palabra más de este asunto, Morgan... ¡Pásame el ron!

MORGAN. ¡Ni un sorbo más, Jack! ¡Estás borracho, por eso lo enredas todo!

JACK. ¡Te arrancaré las tripas y me servirán de cebo para pescar si no me das un trago ahora mismo, anguila siniestra!

(Ambos se enzarzan en una pelea cuerpo a cuerpo. El CAPITÁN *intenta en vano imponer su autoridad.* MORGAN *y* JACK *se separan, sacan sus cuchillos y se amenazan mutuamente. Se suman como espectadores el resto de marineros. De lejos se oye la voz de* SILVER*, que lentamente irá acercándose al lugar de la contienda.)*

SILVER. ¡Jack! ¡Morgan! ¡Ya basta, muchachos!... ¡¡He dicho que ya basta!! *(La pelea se detiene. Entra* SILVER*. Es un tipo alto y de aspecto duro. Tiene amputada una pierna, que sostiene con una «pata de palo». Maneja con habilidad un trozo de cuerda.* JIM *lo observa con admiración.)* Debería daros vergüenza... ¿Qué pensarán estos caballeros?... Por favor, Sir John, os ruego que aceptéis mis disculpas. Son hombres, que habituados a la mar, soportan muy mal su estancia en tierra... Os aseguro, señor, que estas borrascas amainarán en cuanto zarpemos.

Capitán, permitid que me presente: mi nombre es Silver, señor...

SMOLLET. ¿Silver?

SILVER. John Silver *el Largo*. Cocinero de a bordo a su servicio.

SIR JOHN. *(A SMOLLET.)* Es el hombre del que os hablé antes... Mi intuición y fino olfato por los placeres culinarios me llevaron hasta él. Su fama de buen cocinero y marino experto en estas lindes lo acreditan. Él se encargó de reclutar a estos hombres...

SILVER. Marineros todos de probado valor, capitán. *(Hace una señal a JACK. Éste se adelanta con una reverencia algo falsa.)*

JACK. Mi nombre es Jack *el Rata*, señor...

SMOLLET. ¿Por qué te embarcas en *La Hispaniola*?

JACK. Necesito cambiar de aires, señor. No soy rata de tierra.

SMOLLET. *(Señalando a MORGAN.)* ¿Y tú?

JACK. Es Morgan, señor. Reconocible por el velamen de sus orejas...

(Los marineros ríen.)

MORGAN. *(A JACK.)* ¡Maldita rata de acequia! ¡Te voy a...!

(Se disponen a pelear de nuevo, pero SILVER interviene.)

SILVER. ¡Quietos! ¡Silencio a proa y a popa! *(Hace una señal a DICK, que se acerca, gesticulando, al CAPITÁN.)*

SMOLLET. Engulle de una vez lo que tengas en la boca y habla, marinero.

SILVER. Aunque le arrancarais la piel a latigazos, no podría hablaros, señor. Su nombre es Dick *Lenguasuelta*. El capitán Jynxtrop le cortó la lengua junto al cabo de la Muerte. Pero es un diestro marinero en faenas de navegación.

SMOLLET. Puedes retirarte, Dick... No hay más tiempo para presentaciones.

SILVER. Siempre a vuestras órdenes, capitán... *(A SILVER se le cae la cuerda que manejaba. JIM la recoge servicial y se la entrega.)* Gracias, jovencito... ¿Cómo te llamas?

JIM. Jim Hawkins, señor.

SIR JOHN. Jim será nuestro grumete...

SILVER. Buena elección, sin duda, Sir John... Ven, muchacho. Te enseñaré algo que te gustará...

(Salen SILVER y JIM.)

SMOLLET. *(A SIR JOHN.)* Demasiada escoria en el personal de a bordo, señor. Mi opinión es que alguien ha abusado de vuestra buena fe.

SIR JOHN. Si cumplís con vuestro deber, capitán, os aseguro que podéis estar tranquilo.

SMOLLET. Mi deber como comandante del navío, señor, también consiste en tener la certeza de que en la tripulación hay gente digna de fiar.

SIR JOHN. Sois un escéptico, capitán...

SMOLLET. Y vos un ingenuo...

SIR JOHN. ¿Yo? ¿Un ingenuo, yo?... ¿Habéis oído eso, doctor? ¡Me ha llamado ingenuo!... *(Pausa.)* ¡Mi opinión respecto a vos, capitán, tampoco os gustaría oírla!

SMOLLET. Pues llegados a este punto, será mejor hablar claro. No estoy dispuesto a seguir adelante si no tengo a mi cargo el gobierno absoluto del barco.

SIR JOHN. ¡Esto es intolerable!

SMOLLET. Estáis a tiempo de elegir, señor.

SIR JOHN. ¡Doctor...!

DOCTOR. Sir John... Deberíais reflexionar...

SIR JOHN. ¿Reflexionar yo...? *(El DOCTOR afirma con la cabeza.)* Pero... *(El DOCTOR insiste en su gesto. SIR JOHN resopla con la mirada fija en el horizonte.)*

SMOLLET. Bien. No quiero ser pájaro de mal agüero, pero debemos ser precavidos. Habrá que poner a buen recaudo el arsenal del barco. *(Sale.)*

SIR JOHN. Ya lo veis, doctor. ¡Este capitán es un agorero! ¡Un pesimista!...

(Entran JIM y SILVER.)

JIM. ¡Sir John! ¡Doctor! Mirad: un silbato de grumete... Me lo ha regalado Silver.

SILVER. Ven aquí, Jim, te enseñaré cómo se usa.

(Salen los dos.)

DOCTOR. ¡Ánimo, Sir John, que todo se arreglará!

(Entra el CAPITÁN.)

SMOLLET. Todo a punto, ya podemos zarpar.

SIR JOHN. ¡Magnífico! Levemos anclas, pues... ¡Capitán!

SMOLLET. ¿Señor?

SIR JOHN. Las manzanas de mi cosecha están en ese barril. Que cada cual las consuma a su gusto.

SMOLLET. Sois demasiado complaciente con la tripulación, Sir John...

SIR JOHN. ¡Paparruchas!

DOCTOR. Es un buen remedio para combatir el escorbuto, capitán.

SILVER. *(Entrando.)* ...Y así es como ocurrió todo, Jim.

JIM. *(Tras él.)* De no haber perdido esa pierna, habríais llegado a capitán, ¿eh, Silver?

SILVER. Así es, camarada. Seguro que tú y yo haremos buenas migas en mi cocina. *(Sale riendo.)*

JIM. Silver es un hombre magnífico, ¿eh, doctor?

SMOLLET. Bien, grumete, se acabó la diversión, ahora a trabajar. En mi tripulación no acepto favoritismos. *(Da órdenes.)* ¡Atención! ¡Que todos ocupen sus puestos!

COOPER. ¡Que todos ocupen sus puestos!

(Actividad de cuerdas y velas. El CAPITÁN va dando órdenes que los marineros repiten.)

SMOLLET. ¡Levad anclas! ¡Arriad la vela mediana! ¡Soltad los foques! ¡Arriad la escandalosa! ¡Arriad la escandalosa, imbéciles! ¡Arriad las velas altas! ¡Arriad la mayor! ¡Proa al sur!

(Oscuro fundido. Luz sobre JIM.)

JIM. *(Al publico.)* Debo reconocer que el ambiente de aquel barco me atrapó desde el principio. Allí todo el mundo parecía feliz. Yo diría que desde que Noé se hizo a la mar nunca hubo tripulación más mimada...

(Mientras JIM habla comienza a desarrollarse a modo de pantomima todo aquello que se narra en el Cuadro primero de la Escena IV.)

ESCENA IV
La travesía

Cuadro primero

(Navegación en alta mar. Ambiente marinero. Los hombres descansan, juegan a los dados, disputan entre ellos... Luego limpian la cubierta con unos cepillos. Cruza Silver*; oímos un grito y algo que cae al agua. Los marineros sonríen. Alguien coge una manzana y la muerde con ganas. Cae la noche. Oscuro.)*

Cuadro segundo

(Por la mañana. El Doctor *escribe algo en una especie de diario. Entra* Sir John*, haciendo gárgaras. Al descubrir al* Doctor*, se le acerca por detrás empujado por la curiosidad de averiguar lo que escribe.)*

Doctor. Buenos días, Sir John.

Sir John. *(Disimulando.)* Ah, hola, doctor. Ya veo que habéis madrugado. ¿No pensáis desayunar?

DOCTOR. Ya lo he hecho. Hoy no quería perderme la salida del sol. En alta mar es un espectáculo insólito.

SIR JOHN. Verdaderamente hasta hoy no habíamos disfrutado de un día tan espléndido... Tomaré una manzana antes del desayuno. *(Se dirige al barril de las manzanas.)* ¿Queréis una, doctor?

DOCTOR. No, gracias.

SIR JOHN. *(Abriendo la tapa del barril.)* ¡Jim, Jim! ¡Despierta, muchacho! ¿Qué haces tú aquí?

JIM. *(Asoma la cabeza por la boca del barril. Habla como si estuviera delirando.)* ¡Son piratas! ¡Piratas terribles, Sir John! ¡Piratas terribles y sanguinarios!

DOCTOR. *(Lo observa con curiosidad.)* ¡Jim! ¿Te ocurre algo? ¿Te encuentras bien? ¡Sir John, avisad al capitán!

(SIR JOHN sale.)

JIM. Son piratas, doctor... Conspiran contra nosotros... *(Hace con la mano un gesto indicativo de rebanar el cuello.)*

DOCTOR. Jim, por favor, cálmate...

JIM. ¿No lo entendéis, doctor? ¡Son piratas! *(Repite el gesto anterior.)* ¡Planean apoderarse del tesoro...!

(Entran SIR JOHN y el CAPITÁN.)

SMOLLET. ¿Qué sucede?

DOCTOR. Creo que es víctima de una pesadilla.

SIR JOHN. Tranquilízate, muchacho... *(Dándole agua.)* Ya ha pasado todo, Jim, ya ha pasado todo, tranquilo...

SMOLLET. ¡Por favor, Sir John, no agobiéis al muchacho! ¿Qué pasa, Jim?

JIM. Es mejor que lo cuente desde el principio...

SIR JOHN. Sí, será lo mejor...

JIM. Anoche, antes de acostarme, me entraron ganas de comer una manzana...

(La escena cambia su luz diurna por la nocturna. JIM vuelve al tiempo que relata. Las figuras de SIR JOHN, el DOCTOR y el CAPITÁN permanecen estáticas. JIM se acerca al barril, se inclina para coger una manzana, y, como no alcanza, se introduce en él. Se oyen las voces de SILVER y GORDON. JIM decide permanecer oculto. Entra SILVER, mira a su alrededor y se detiene cerca del barril.)

SILVER. Por aquí, Gordon... Ven, sígueme, camarada... Aquí nadie podrá oírnos...

(SIR JOHN, el DOCTOR y SMOLLET, desde su posición estática, hacen un gesto de escuchar con atención.)

SILVER. ¡Gordon! *(Entra GORDON. Se muestra algo distraído jugando con un trozo de cuerda.)* Vamos, camarada, deja eso y siéntate...

GORDON. Bien, Silver, ¿qué quieres de mí a estas horas?

SILVER. Hacer de ti un caballero de fortuna fetén, Gordon... Poner fin a esta miseria...

GORDON. Sabes que soy un pirata fetén, Silver. *(Muestra la cuerda y hace un nudo marinero.)* Te lo puedo demostrar.

(SILVER le arrebata la cuerda y con habilidad de mago deshace el nudo. GORDON ríe.)

SILVER. *(Le habla como a un niño.)* Eres listo como el diablo, Gordon Greedy. Lo supe en cuanto te eché el ojo. Te hablaré con franqueza. Durante muchos años navegué junto al capitán Flint. Todos le tenían miedo, pero él me temía a mí. Y te aseguro que no le avergonzaba reconocerlo. La fortuna acumulada por Flint es incalculable: montones de sacos de oro y joyas preciosas... ¡Incalculable, Gordon!... ¡Una fortuna enterrada en una isla desierta!

GORDON. ¿Y los hombres de Flint?

SILVER. La mayoría de ellos están aquí, a bordo. Los demás se pudren en las entrañas del océano... El mismo Flint los liquidó a todos para impedir que se fueran de la lengua...

(Gesto de rebanar el cuello. Sir John*, el* Doctor *y* Smollet*, desde su posición estática, se estremecen.)*

Gordon. *(A punto de soltar una lágrima.)* ¡Pobre amigo mío!...

Silver. ¿Qué te pasa ahora? ¿Te ha entrado algo en el ojo?

Gordon. ¡El pobre Ben estaba entre ellos!

Silver. ¿Ben Gun...? *(*Gordon *afirma con la cabeza.)* ¡Por todas las ballenas del mar del Norte! ¡Que el diablo lo cobije! ¡Ya basta de sentimentalismos, Gordon... Según mis noticias el mapa que nos conducirá al tesoro se encuentra en poder de Sir John, al cual se lo confió el grumete Jim Hawkins. Para ellos el objetivo de este viaje no es otro que apoderarse del tesoro de Flint... ¿Te parece justo que permanezcamos impasibles?

Gordon. ¡Hagamos justicia de una vez! ¡Ese mapa nos pertenece! ¡Acabemos con ellos!

Silver. ¿Pero cómo puedes ser tan zoquete?... Escucha mi plan: de momento quiero que mantengas el pico bien cerrado. Te ocuparás de tu trabajo como un marinero dócil.

Gordon. *(Decepcionado.)* Estoy hasta el gorro del señor Smollet...

Silver. ¿No lo entiendes, pedazo de asno? Habrá que esperar a que el asado esté en su punto... ¿Eh...?

GORDON. El asado, ¿eh?...
SILVER. Sí, el asado...

(Los dos ríen asintiendo con la cabeza y mostrándose cómplices hasta que GORDON se detiene en seco.)

GORDON. No te entiendo.
SILVER. ¡Gordon! ¡Quiero decir que habrá que ser pacientes!
GORDON. *(Algo confuso.)* ¿Pa... pacientes?... ¡Acabemos con ellos! ¿O es que no somos marineros capaces de gobernar esta goleta? *(Le entrega su cuerda con un nudo marinero.)*
SILVER. *(Se lo vuelve a deshacer con habilidad de mago.)* ¡Somos marineros, Gordon, sólo marineros!... ¡Por mil diablos cautivos, no tengas prisa! ¿A cuántos bravucones bucaneros habré visto colgados como bacalaos secándose al sol?... Y todo por esa maldita prisa... *(Se levanta con dificultad.)*
GORDON. *(Con honda reflexión.)* Veo que eres un hombre de toda una pieza, Silver.
SILVER. Debemos ser respetuosos con el capitán hasta que llegue la hora de...

(Gesto de rebanar el cuello. SIR JOHN, el DOCTOR y SMOLLET, desde su posición estática, se estremecen.)

GORDON. Ah, claro, la hora de... *(Hace gestos ambiguos. Ríe.)*

SILVER. Sí, la hora de... Pero ya sabes, ¿eh? *(Gesto de boca cerrada.)*

GORDON. Te refieres a la hora de... *(Ríe.)*

SILVER. *(Desesperado.)* Sí, mendrugo, la hora de...

GORDON. Ya... *(Pausa.)* Tengo seco el gaznate. Cogeré una manzana...

SIR JOHN, DOCTOR y SMOLLET. *(Desde su posición estática. Al unísono.)* ¡¡No!!

JIM. *(Asomando la cabeza desde dentro del barril.)* Eso mismo pensé yo.

SILVER. ¿Cómo dices?

GORDON. ¿Quién, yo?

SILVER. ¿Quién si no, alcornoque?

(Pausa.)

GORDON. Ah, sí, que tengo seco el gaznate. Cogeré una manzana.

SIR JOHN, DOCTOR y SMOLLET. *(Desde su posición estática. Al unísono.)* ¡¡No!!

(El «no» de SILVER coincide con el de ellos.)

SILVER. ¡¡No!! ¡Déjate de manzanas ahora, Gordon! ¡No hay nada como un buen trago de ron para hidratar el gaznate! Ven conmigo, camarada.

(Se disponen a salir al tiempo que entra COOPER, *acompañado de* JACK *y* MORGAN. COOPER *dirige a* SILVER *una mirada de desconfianza.)*

COOPER. Esto no me gusta, Silver. Demasiada gente a repartir...

SILVER. Déjame hacer a mí, Cooper. Sé cómo cocinar este asunto.

COOPER. Espero que no se te queme el asado, Silver. Si no...

SILVER. ¿Qué?

JACK. Si no...

GORDON. ¿Qué? *(Silencio tenso.)*

SILVER. Hidratemos el gaznate, Gordon.

*(*SILVER *y* GORDON *salen.)*

JACK. *(A* COOPER.*)* ¡Por el espíritu del gran besugo! ¿Cómo puedes aguantar que te trate así?

MORGAN. El Rata tiene razón. Alguien debería pararle los pies a Silver.

JACK. Y tú eres ese alguien, Cooper... Acabemos con ellos.

COOPER. ¡Hienas del océano! ¡Tened paciencia! Aún es pronto. Ese tipo se cree muy astuto... Pero cuando llegue el momento... *(Gesto de rebanar el cuello.* SIR JOHN, *el* DOCTOR *y* SMOLLET, *desde su posición estática, se estremecen.)* ¡Hidratemos el gaznate! *(Salen entre risotadas.)*

JIM. *(Asomando la cabeza desde el barril.)* ¡Son piratas terribles y sanguinarios!

(Vuelve la luz diurna. JIM *sale del barril. Se miran unos a otros con preocupación.)*

JIM. Me gustaría que todo esto hubiera sido tan sólo una pesadilla...

SMOLLET. Siempre albergué la sospecha de que eran unos filibusteros.

JIM. *(Tirando el silbato.)* ¡Y Silver es el peor de todos!

DOCTOR. Jim... Será mejor que te calmes y descanses un poco...

SIR JOHN. Admito haberme comportado como un simple botarate, capitán. Estoy a sus órdenes.

SMOLLET. Yo mismo debo admitir mi propia dejación, señor. El no haber sabido detectar señales de motín en la tripulación es un cargo que me concierne. Traman una rebelión ante nuestras propias narices...

SIR JOHN. ¡Es intolerable! ¡Arrestaremos a esos rufianes y pagarán por sus fechorías!

SMOLLET. No conviene precipitarse, Sir John. Habrá que tener paciencia...

JIM. *(Al público.)* El capitán Smollet nos explicó entonces algunos detalles de la isla y la estrategia a seguir.

Se trataba de mantener en secreto nuestro descubrimiento, a fin de que aquellos piratas no sospecharan que estábamos al cabo de su propósito. El factor sorpresa, según él, sería determinante.

(Entra DICK Lenguasuelta *muy excitado. Intenta explicarse.)*

SIR JOHN. ¿Qué dice?
DOCTOR. No entiendo nada...
JIM. *(Acercándose a DICK.)* ¡Capitán! ¡Parece que Dick ha descubierto algo en el horizonte!
SMOLLET. *(Desenfundando su catalejo.)* ¡A ver...!

(Entra COOPER, acompañado de JACK y MORGAN.)

SIR JOHN. *(Impaciente.)* ¿Veis algo por ese aparato, señor Smollet?
SMOLLET. ¡Un diminuto montículo se divisa allá lejos!
COOPER. Ciertamente, capitán. Es la isla que buscamos. *(Pausa tensa. Todos miran a COOPER.)* Al menos eso creo...
JACK. ¡Esto hay que celebrarlo! ¡Eh, muchachos, salid todos a cubierta!
MORGAN. ¡Ya llegamos a la isla! ¡Hidratemos el gaznate!

(Todos salen a cubierta. Miran hacia la isla. Agitación de los marineros. Gritos de entusiasmo por parte de la tripulación.)

SMOLLET. ¡Silencio! ¡Silencio!

DOCTOR. Capitán, Sir John quiere hablar a la tripulación...

SMOLLET. ¿Sir John?...

SIR JOHN. ¡Marineros! Debo deciros unas palabras: hasta ahora éste ha sido un periplo sumamente interesante... La providencia ha querido que arribemos sin novedad al ecuador de nuestro viaje. Tal vez sea éste el momento de recordar la figura de nuestro difunto contramaestre, desaparecido precisamente aquella agitada noche en que descubrimos...

SMOLLET. ¡Sir John! ¡Abreviad!...

SIR JOHN. Será lo mejor... ¡Marineros, la tierra que tenéis a la vista es nuestro punto de destino!

(Gritos y vítores de la tripulación. SIR JOHN, SMOLLET y el DOCTOR se miran, reflejando la preocupación en sus caras, al tiempo que se hace el oscuro.)

ESCENA V
La isla

(Luz sobre Jim*. Al público.)*

Jim. Y con este ambiente de tensa euforia desembarcamos en aquella isla. Aunque lo peor aún estaba por llegar... Yo, de manera imprudente, decidí explorar por mi cuenta. Y a fe que algún que otro descubrimiento tuve ocasión de hacer; como el de aquel extraño ser que habitaba la isla...

Silver. *(Desde fuera.)* ¡Jim! ¡Jim! *(La luz general nos muestra el espacio abierto de la isla. Al oír a* Silver*,* Jim *interrumpe su parlamento y corre a esconderse entre unos matorrales.)*

Silver. *(Entrando.)* ¿Dónde te has metido, muchacho?..

Gordon. *(Entrando.)* ¡Silver! ¡Silver!

Silver. ¿Qué pasa, Gordon?

Gordon. Tenemos problemas, Silver... Tom es un hombre honrado.

Silver. ¿Qué demonios significa eso?

Gordon. Es terrible, pero cierto, Silver... Tom es un hombre honrado. *(Desenfunda su puñal.)*

SILVER. ¡Eh, eh, amigo, cálmate! No exageremos las cosas. *(Envainándole el puñal.)* Vamos, camarada, arría las velas, tengo mejores argumentos... Mira, vas a decirle a Tom que le aceptamos con todos sus defectos. Y si eso no le convence... *(GORDON desenfunda su puñal. SILVER vuelve a envainárselo.)* le dices que el afecto que le tenemos nos obliga a ponerle de nuestro lado. Si eso tampoco le convence... *(GORDON desenfunda el puñal.)* dile que el oro es mucho y... que queremos compartirlo con él... *(Enfundándole el puñal.)* Vamos, guarda esto, camarada. Hablando se entiende la gente... Y recuérdalo bien, Gordon: has de tener buena mano y ser persuasivo, ¿de acuerdo?

GORDON. Como tú digas, Silver. *(Saliendo.)* ¡Eh, Tom! Espera un momento, tengo que hablar contigo... *(Se oye un grito desde fuera. Vuelve a entrar GORDON limpiando su puñal. SILVER le mira con reproche.)* Créeme, Silver... Tom no ha querido escucharme...

SILVER. *(Saliendo.)* ¡Jim! ¿Dónde estás? ¡Tengo que hablar contigo!

GORDON. *(Siguiéndole, desenfunda su puñal.)* ¿Jim también es honrado, Silver?

SILVER. *(Desde fuera.)* Guarda eso, Gordon...

(JIM asoma la cabeza entre los matorrales mientras se alejan.)

JIM. Son piratas terribles y sanguinarios... *(De entre los matorrales suena una voz misteriosa que parece ensayar una extraña danza con estas dos sílabas: «ben-gun-ben-gun-ben-gun...». Poco a poco va ocupando el espacio escénico haciendo una auténtica exhibición. Va casi desnudo con algunos harapos a modo de taparrabos. JIM lo observa sin ocultarse. BEN GUNN cae de rodillas ante él y extiende los brazos en señal de súplica. JIM al público.)* Ah, sí, éste es Ben Gunn...

BEN GUNN. El «pobre» Ben Gunn... *(Huele a JIM.)* ¿Tienes un trozo de queso?

JIM. No.

BEN GUNN. Tres años llevo sin hablar con un cristiano.

JIM. *(Al público.)* Ben Gunn navegaba junto a Flint cuando enterró su tesoro.

BEN GUNN. Flint desembarcó con seis marineros de los más fuertes y estuvieron aquí durante una semana... Los asesinó a traición... *(Gesto de rebanar el cuello.)* Billy Bones era el segundo de a bordo y Silver el contramaestre...

JIM. *(Al público.)* Los dos preguntaron a Flint: «¿Dónde está el tesoro?»

BEN GUNN. *(Con mucha teatralidad.)* «¡Ah!», respondió Flint, «si queréis averiguarlo podéis bajar a tierra y quedaros allí, porque yo zarparé ahora mismo, ¡por Satanás! en busca de más oro»... Tres años después, ya viajando en otro barco, pasamos cerca de aquí...

«Camaradas», dije yo, «en esa isla se encuentra el tesoro de Flint. Bajemos a buscarlo...» ¡Maldita sea mi suerte!...

JIM. Tras doce días de infructuosa búsqueda te abandonaron aquí...

BEN GUNN. Me dijeron: «¡Quédate! Y cuando lo encuentres todo para ti»... Aún retumban en mis oídos sus carcajadas...

JIM. Pobre Ben Gunn...

BEN GUNN. ¿Pobre?... Ah, bendecirás tu suerte por ser el primero en haberme hablado... La soledad me ha hecho ver las cosas de otra manera... No volveré a beber ron... Y además.., me he prometido a mí mismo ser un hombre honrado...

VOZ DE SILVER. *(Muy lejana.)* ¡Jim! ¡Jim!...

(Silencio. BEN GUNN señala a JIM con un gesto interrogativo. JIM afirma.)

JIM. Continúa...

BEN GUNN. Sí, me he prometido a mí mismo ser un hombre honrado... ¿Y sabes por qué, Jim? *(En voz baja.)* Porque ahora soy rico... *(Vuelve a oler a JIM.)* ¿No tendrás un poco de queso?

JIM. Ya te he dicho que no.

BEN GUNN. ¡Pobre Ben Gunn!.. *(Pausa. Reacciona con tono amenazante.)* ¡Y ahora dime la verdad, jovencito! ¿No es aquel el barco de Flint?

JIM. No lo es, Ben Gunn, te lo aseguro... Aunque por desgracia algunos de sus hombres vienen a bordo...

BEN GUNN. Silver, ¿eh?... *(Gesto afirmativo de JIM.)* Si te hubiera enviado John Silver, *el Largo* no daría por tu vida un solo penique.

JIM. Te juro por mi honor que no tengo nada que ver con Silver...

BEN GUNN. Eres un buen muchacho... Sí... Y creo que tú y tus amigos estáis en peligro, pero confía en Ben Gunn. ¡Ben Gunn es el hombre que necesitas!... ¿Crees que tus amigos serán generosos conmigo si os ayudo?

JIM. Sir John Trelawney es el dueño de la goleta y es todo un caballero. Tu ayuda será bien recibida...

(Se oye el disparo de un cañón.)

BEN GUNN. ¿Y ese ruido?

JIM. Debe de ser el cañón del barco...

BEN GUNN. Mira, Jim. Un bote se acerca a la playa.

JIM. Son mis amigos...

(Suena de nuevo el cañón.)

BEN GUNN. ¡Disparan contra ellos!

JIM. ¡Seguro que son los amotinados! ¡Ben Gunn, tenemos que ayudar a mis amigos!

BEN GUNN. No, camarada. Ben Gunn se esfuma... Por nada del mundo me quedaría aquí contigo, jovencito, no... *(Suena el cañón.)* No hasta que tu caballero se comprometa conmigo bajo palabra de honor.

(Desaparece con su extraña danza entre los matorrales. Suena otro cañonazo.)

ESCENA VI
Las barricadas

Doctor. *(Desde fuera.)* ¡Jim! ¡Jim!

Jim. ¡Estoy aquí, Doctor! *(Al público.)* Pude al fin reunirme con mis amigos, aunque no sin cierto peligro. *(Entran Sir John, el Doctor y el Capitán Smollet cargados con armas, sacos y fardos. Jim los observa desde su sitio sin intervenir en la acción.)* Entre aquellos matorrales se decidió montar un improvisado fortín.

(Suenan cañonazos.)

Sir John. ¡Dios mío, cuánta locura!

Smollet. ¿Quién es aquí el mejor tirador?

Doctor. El señor Trelawney, sin duda.

Smollet. Sir John, colocaos en este punto. Debéis impedir que alguien se acerque. Vos, doctor, ocupaos del flanco izquierdo...

(Continúan sonando los cañonazos.)

Doctor. *(Con reproche.)* Jim. ¿Se puede saber dónde te habías metido?

JIM. Os pido disculpas, señor. Vine a reconocer la isla. Intentaba también averiguar las intenciones de nuestros enemigos...

(Suenan cañonazos.)

SMOLLET. Sus intenciones son claras, Jim: quieren deshacerse de nosotros.

DOCTOR. *(Observando con el catalejo.)* Fijaos, capitán, están arriando más botes... Los tendremos aquí de un momento a otro.

(Suena un cañonazo.)

SMOLLET. Me preocupa más el cañón. ¿Cómo pudimos olvidarnos de destruir las bombas? Sir John, ¿cuántas semanas tardará en llegar el barco de ayuda?

DOCTOR. Es cuestión de meses, más que de semanas...

SIR JOHN. Si no volvemos antes, Blandly mandará buscarnos a finales de agosto.

(Suena un cañonazo.)

SMOLLET. Me temo que vamos a necesitar la ayuda de la providencia... Es una lástima no haber podido cargar más víveres. Podremos resistir con la munición y la pólvora que tenemos... Pero las raciones van a ser muy escasas... Demasiado escasas...

JIM. ¡Ah, doctor! ¡He encontrado un náufrago!

(Todos lo miran con sorpresa.)

SIR JOHN. ¿Un náufrago, Jim?
JIM. Sí, señor... Lleva tres años viviendo solo en la isla. Se llama Ben Gunn.
SIR JOHN. ¿Y dónde está ahora?
JIM. No lo sé, Sir John...
DOCTOR. ¿Te pareció peligroso?
JIM. ¡Oh, no, señor!
DOCTOR. ¿Está sano?
SIR JOHN. De un hombre que ha pasado tres años comiéndose las uñas en una isla desierta, lo menos que cabe esperar es que esté como un cencerro...
VOZ DE SILVER. ¡Sir John! ¡Señor Smollet!

(Todos miran.)

JIM. ¡¡Es Silver!!
SMOLLET. Por mi honor que se trata de una martingala.

(Entra SILVER seguido por los piratas. GORDON exhibe un trapo blanco enganchado a un palo. Todos murmuran y se apiñan entre sí, algo nerviosos.)

SILVER. ¡Eh, eh, sin empujar!

SMOLLET. ¡Quietos o disparo!

(Aumenta el nerviosismo entre los piratas. Todos hablan entre ellos pero no consiguen entenderse.)

SILVER. ¡¡Por los tentáculos del gran pulpo!! ¿Queréis callar de una vez?... *(Silencio.)* Mil perdones, capitán, ¿qué decíais?

SMOLLET. ¡No lo repetiré más! ¡Quietos todos o disparo!

GORDON. Venimos en son de paz...

SILVER. ¡Tú cállate!

SMOLLET. ¿Y esa bandera?

(Los piratas de forma atropellada intentan dar respuesta.)

SILVER. ¡Silencio a proa y a popa! *(Jactándose.)* El capitán Silver, señor, viene a proponeros un trato.

SMOLLET. ¿Capitán, eh?... ¡Ya veo que los canallas suben de categoría con inusual premura!...

SILVER. Tras vuestra deserción, señor Smollet, estos desdichados han tenido a bien nombrarme capitán.

SMOLLET. Vana osadía, Silver. De haber actuado como hombre honrado estaríais ahora saboreando la paz de vuestra cocina.

SILVER. *(Irónico.)* En mi cocina hay algo más que paz por saborear... Os recuerdo, señor Smollet, que el barco es nuestro, y que allí están los víveres. En cambio aquí, en vuestros dominios, las cosas se han puesto feas... Muy feas...

PIRATAS. *(Con sorna.)* «Sí, sí... Muy feas... Muy feas...»

SILVER. *(Haciéndolos callar.)* ¡Cerrad las escotillas!... A pesar de ello, señor Smollet, seremos generosos. Aunque con algunas condiciones, claro...

SMOLLET. ¡No aceptaré condiciones! ¡O eres el cocinero de mi barco o eres el «capitán Silver», un amotinado; y en ese caso habrás de hacer frente a los rigores de la justicia!

SILVER. No os favorece ese perfil tan dramático, Smollet. El tesoro en cuestión será nuestro. Por cierto, sé que guardáis un mapa...

SMOLLET. Tal vez...

SIR JOHN. ¡No digáis nada, capitán!

SILVER. Necesitamos ese mapa. Si me lo entregáis, garantizo, bajo palabra de honor, dejar a todos con vida y con las suficientes provisiones. Juro por mi honor que daré noticias a la primera embarcación que encontremos para que venga a recogeros.

SMOLLET. ¿Es ése el trato que propones, «hombre de honor»?

SILVER. ¡Por mil diablos cautivos! ¡Si no aceptáis, la furia de mis hombres caerá sobre vosotros!

GORDON. ¡Bien dicho, así se habla!

SILVER. ¡Tú cállate! *(A SMOLLET.)* Dicho queda.

SMOLLET. ¡Ahora, patanes filibusteros, escuchadme bien, porque éstas serán las últimas palabras que os pienso dirigir! ¡Renunciad a vuestra rebeldía! ¡De lo contrario la próxima vez que os tenga ante mi vista recibiréis vuestro merecido!

SILVER. ¡Por las ínfulas de un chipirón! ¡Juro que antes de una hora este fortín volará por los aires como una nube de humo! ¿He hablado claro? *(Silencio tenso que precede a un cambio de actitud.)* Buenos días, Jim. *(Saca de un bolsillo el silbato que le regaló.)* Encontré tu silbato de grumete en cubierta. Quizá te interese recuperarlo...

JIM. ¡No quiero nada de ti, Silver!

SILVER. Eso nunca se sabe, Jim... Eso nunca se sabe... *(Saluda al DOCTOR y a SIR JOHN con una inclinación afectada.)* ¿Doctor...? ¿Qué, Sir John, os han servido ya el desayuno?... *(Los piratas rompen a reír de manera descontrolada.)* ¿Y vosotros de qué os reís? ¡¡Silencio a proa y a popa!!

(Oscuro. Luz sobre JIM.)

JIM. *(Al público.)* Fueron varios días de asedio... Por mi parte volví a escabullirme, aún a riesgo de pasar por desertor, aventurándome de nuevo con el propósito de embarrancar el barco tras conseguir lanzarlo a la deriva. Cuando regresé al fortín, ya casi despuntaba el día...

ESCENA VII
Los piratas

JIM. *(Contento se acerca al fortín.)* ¡Sir John! ¡Doctor! ¡He conseguido embarrancar la goleta! *(Alguien lo coge por detrás. Es SILVER.)*

SILVER. ¡Quieto, mocoso! ¡Despierta, Gordon!

(Los piratas comienzan a despertarse. GORDON ilumina la escena con un farolillo.)

JIM. *(Sorprendido.)* ¿Y mis amigos? ¿Qué hacéis vosotros aquí?

SILVER. Descansar, camarada...Y recuperarnos de nuestras heridas.

JACK. *(Amenazando a JIM.)* Silver, creo que éste sabe algo de la golcta...

SILVER. Cálmate, Jack... ¡Menuda sorpresa! ¡Jim Hawkins!... ¡Como caído del cielo!...

JIM. ¿Qué habéis hecho con mis amigos?...

(Los piratas comienzan a rodearlo entre risitas siniestras. JIM intenta escapar, pero tropieza con COOPER y se defiende como puede.)

COOPER. *(Sujetándolo con fuerza.)* Tus amigos, ¿eh?
SILVER. ¡Menuda sorpresa, camarada!...
JIM. ¿Dónde están mis amigos?
MORGAN. Sí, Silver, podrías explicarnos eso...

(Los piratas ríen.)

SILVER. ¡Cerrad las escotillas!
JACK. ¡Que nos diga él lo que ha hecho con nuestro barco!
JIM. ¡Sois unos canallas! *(JIM intenta soltarse, pero COOPER lo retiene amenazándole con un puñal.)*
COOPER. ¡Yo te enseñaré modales, renacuajo insolente!
SILVER. ¡Quieto, Cooper! ¡Guarda eso! ¡Cada cosa a su tiempo!
COOPER. *(Obedece de mala gana.)* ¡Por mil diablos cautivos!

(Pausa tensa. SILVER y COOPER se sostienen la mirada.)

JIM. Habéis perdido el barco. Habéis perdido el tesoro y han muerto algunos de los vuestros. El negocio se os ha ido a pique, y si queréis saber quién es el causante de vuestra ruina, os diré que ¡yo mismo! Desde el barril de las manzanas pude oír lo que tramabais y se lo conté al capitán. También he sido yo quien ha cortado las amarras del barco...

MORGAN. ¡Rata repugnante!

JIM. ¡Matadme si queréis! ¡No me dais más miedo que una mosca!

JACK. ¡Maldito abejorro! ¡No hemos hecho otra cosa que tropezar con él desde el principio!

COOPER. *(Esgrimiendo su puñal.)* ¡No lo aguanto más!

SILVER. ¡Ya basta! ¿Acaso te crees el capitán, *Tiquismiquis*?

MORGAN. Cooper tiene razón, Silver... Ese renacuajo ya nos ha causado bastantes problemas.

SILVER. ¡Que un mal rayo te fulmine! ¡Este chico es más hombre que cualquiera de vosotros, y nadie lo va a tocar hasta que yo lo ordene!

COOPER. ¡Tú ya no eres aquí el jefe, Silver! *(Saca un papel de su bolsillo y se lo entrega a* SILVER.*)*

SILVER. ¡La marca negra!

COOPER. La tripulación te la concede por unanimidad. *(Hace una indicación a los demás para que expresen su «sentencia».)*

JACK. Primero: has consentido que el enemigo se vaya «de rositas».

MORGAN. Segundo: no has dejado que ataquemos, ni siquiera por la espalda.

*(*DICK Lenguasuelta *gesticula intentando expresar su «sentencia».)*

COOPER. Déjame a mí, Dick... Y tercero: te empeñas en mantenerte firme con un pie en cada bando.

(A GORDON, desbordado ante tal argumentación, se le escapa una risa floja, que no tarda en reprimir ante la severa mirada de SILVER.)

SILVER. ¿Eso es todo?

COOPER. No es poco, Silver. ¡Lamentarás haber nacido!

SILVER. ¡Cretinos! ¡Yo tengo planes sólidos! ¡Nadie me va a impedir salir de aquí con lo que he venido a buscar! *(Saca un mapa del bolsillo y lo despliega ante los piratas.)*

GORDON. ¡El mapa de las cruces rojas!

MORGAN. ¡El mapa del tesoro!

SILVER. El doctor me lo dio a cambio de sus vidas.

COOPER. ¡Te asocias con el enemigo! ¡Eso es muy grave, Silver! Está claro que te desmoronas como un castillo de naipes. Yo seré el capitán ahora. ¡Danos el mapa!

SILVER. *(Desenvainando su espada.)* ¡Por Satanás que recibirás un escarmiento! ¡Nadie me ha mirado nunca así, y menos con un solo ojo!

COOPER. *(Haciéndole frente.)* ¡Ha llegado tu hora, Silver! *(Los dos se observan, pero ninguno se atreve a atacar.)* Tienes miedo, ¿eh?...

SILVER. ¡Tira ese puñal, Cooper!

COOPER. ¡Ni lo sueñes, Silver!

(Se mantienen expectantes, pero ninguno de los dos se decide a atacar.)

GORDON. *(A SILVER.)* Bueno, ¿qué?... ¿Qué hacemos?
MORGAN. *(A COOPER.)* Eso, ¿qué hacemos?
COOPER. Que cada cual escoja su bando...

(JACK y MORGAN se agrupan en torno a COOPER. GORDON con SILVER, y DICK se queda en «terreno de nadie».)

SILVER. *(Esgrimiendo un pistolón.)* ¿Pero se puede saber qué os pasa? ¡Estamos ante una oportunidad única! ¡Tenemos razones sobradas para estar unidos, y aún así nos comportamos como vulgares buscabullas de taberna! ¿Es que no lo entendéis? ¡El asado está en su punto!
GORDON. *(Se coloca junto a SILVER y se dirige a los demás.)* Bueno, ¿qué?... ¿Qué decís...?
MORGAN. Estoy de acuerdo... «Es una oportunidad única...».
JACK. «Tenemos razones sobradas para estar unidos...».
GORDON. ¿Tú qué dices, Dick?

(DICK dice que sí con la cabeza.)

SILVER. ¿Cooper...?
COOPER. *(Guardando su puñal.)* Probaremos el asado...

SILVER. Eso ya está mejor. Preparadlo todo. Hay que llegar a la colina que indica el mapa antes de que anochezca. *(Los piratas van saliendo. SILVER se sienta sobre un baúl visiblemente cansado.)* Y ahora que estás aquí haremos un trato, Jim.

JIM. ¡No hago tratos con piratas!

SILVER. ¡Por las ínfulas de un chipirón que tienes valor!... Te diré una cosa, Jim. Ayer cuando llegamos salió el doctor y nos dijo: «Capitán Silver, no tenéis escapatoria. Alguien se ha llevado la goleta...» Por un momento pensé que quería tomarnos el pelo... ¡Pero en seguida pudimos comprobar que no había ni rastro del barco en el horizonte...! Imagínate la cara de idiotas que se nos quedó a todos. Entonces el doctor dijo: «Podemos hacer un trato». Y lo hicimos...

(Entra GORDON haciendo nudos con una cuerda.)

GORDON. *(Mostrándole la cuerda.)* Silver... (*Se detiene ante un gesto de SILVER.)*

SILVER. Aún no, Gordon.

JIM. *(A SILVER.)* ¿Y dónde están ellos ahora?

SILVER. ¿Tus amigos? *(JIM asiente.)* Se fueron; y créeme, ignoro dónde pueden estar...

GORDON. Pero antes se despacharon a gusto. «Ese Jim es un traidor», dijeron...

SILVER. ¡Tú cállate! *(Pausa.)*

JIM. *(A SILVER.)* ¿Es cierto eso?

SILVER. Me temo que sí, Jim... Te conviene colaborar con nosotros, muchacho...

JIM. ¡Eso nunca! ¡Sólo sois piratas miserables!

SILVER. *(Esgrimiendo su pistola.)* ¡Por las agallas de un boquerón!

JACK. *(Entrando.)* Todo listo, Silver.

(Oscuro. Luz sobre JIM.)

JIM. *(Al público.)* Y así fue, como siguiendo las indicaciones del mapa, ahora en poder de Silver, pudimos llegar al lugar donde se ocultaba el tesoro. *(Mientras habla, GORDON le ata las manos con una cuerda larga y tira de él hacia el grupo, al tiempo que la escena se ilumina.)* Debo decir que fui maniatado y obligado a acompañar a aquellos piratas. Las tensiones entre ellos crecieron a la par que su codicia.

ESCENA VIII
El tesoro

(Lugar de la isla donde el mapa señala la localización del tesoro. Los piratas interrumpen su marcha ante la indicación de Silver.*)*

Silver. Antes quiero que aclaremos una cosa. El tesoro se repartirá a partes iguales. Yo me quedaré una tercera parte... *(Disgusto entre los piratas.)* El resto os lo repartiréis como buenos camaradas.

(Casi todos se muestran conformes. Algunos, incluso calculan con sus dedos la suma que percibirán.)

Cooper. ¡Yo eso no lo veo claro, Silver!

Silver. ¡Estás perdiendo facultades, Tiquismiquis!

Cooper. Te crees muy gracioso, ¿eh?

Silver. *(Mostrando su pistolón.)* ¿Y esto? ¿Lo ves claro? *(Silencio tenso.)*

Gordon. ¡Por cien mil tiburones! ¡Desenterremos el tesoro!

*(*Silver *y* Cooper *se sostienen la mirada.)*

Cooper. ¡Ya hablaremos, Silver!

Jack. ¡No es hora de hablar sino de actuar! ¡Hay más gente en la isla!

Silver. Jack tiene razón. Conviene asegurarse de que no hay nadie más merodeando por aquí. Echad una ojeada. Según el mapa ésta es la colina que buscamos. ¡Adelante, muchachos, el oro nos espera!... *(Los piratas, de mala gana, se despliegan por los alrededores. Silver aprovecha para dirigirse a Jim, a quien sostiene atado de la cuerda.)* Jim, camarada, ha llegado el momento... ¿Quién sabe lo que puede pasar?... Pero tú y yo nos mantendremos unidos, camarada... Salvaremos la piel contra viento y marea...

Jim. No te entiendo, Silver...

(Entran los piratas.)

Cooper. Por aquí no sc vc a nadic.

Silver. ¿Estás seguro?

Jack. *(Impaciente.)* ¡Demonios! ¡No perdamos más tiempo!

Cooper. ¡Vamos, Silver, queremos saber el sitio exacto!

Silver. Camaradas, podéis dar gracias a que yo esté aquí. He conseguido llevar a cabo mi plan. Ya sólo falta localizar el barco. Y entonces la victoria será nuestra...

Jack. ¡Déjate de monsergas, Silver!

Cooper. ¡Queremos saber el sitio exacto!

SILVER. *(Consultando el mapa.)* Hacia allí, en línea recta... Diez pasos a la derecha de la gran roca... Sí, aquel es el sitio exacto...

COOPER. ¡Vamos, muchachos, el oro es nuestro!

JIM. *(Al público.)* Pero entonces sucedió algo inesperado...

VOZ CON ECO. ¡¡Darby MacGraw!! ¡¡Tráeme el ron, Darby!!

MORGAN. ¡Por todos los demonios, es Flint!

VOZ CON ECO. ¡¡Darby MacGraw!! ¡¡Tráeme el ron, Darby!!

JACK. ¡Sí, no hay duda, es Flint!

MORGAN. ¡Ésas fueron sus últimas palabras!

GORDON. ¡Quiere destruirnos!

MORGAN. ¡Es su espíritu! ¡El espíritu de Flint!

SILVER. ¿Qué espíritu ni que ocho cuartos?.. No le tuve miedo en vida y ¡por Satanás que no me asustará un muerto!

VOZ CON ECO. ¡Ah, Silver! ¡Compartirás el ron con tu viejo camarada el capitán Flint! *(Suenan con eco unos pasos.)*

SILVER. *(Algo inseguro.)* Que yo sepa los muertos no andan ni hablan...

VOZ CON ECO. ¡Tiembla, Silver! ¡No te saldrás con la tuya! *(Risa estremecedora.)*

COOPER. ¡Desenterremos el tesoro y huyamos de aquí!

(Salen todos excepto Silver y Jim.)

Silver. *(Desatando a Jim y entregándole una pistola.)* Cógela, Jim, cuando aparezca el oro tendremos problemas...

Jim. ¿Por qué haces esto, Silver?

Silver. ¿Acaso no eres mi camarada?.. *(Saca del bolsillo el silbato y se lo entrega.)* Toma. Esto también te pertenece... Escúchame bien, Jim: pase lo que pase tú y yo haremos un trato. Si el asunto no sale bien, tienes que prometerme que no me entregaréis a la justicia...

Voz de Cooper. ¡Por todos los tesoros marinos!

Jim. Silver, yo...

Voz de Jack. ¡Por todos los arrecifes de coral!

Silver. No te preocupes, déjame hacer a mí...

(Los piratas van entrando de nuevo. Jim esconde la pistola y se coloca la cuerda como si continuara atado.)

Gordon. *(Entrando.)* ¡Hemos llegado tarde! ¡El tesoro ya no está!

Silver. *(Señalando el mapa.)* No lo entiendo, si lo pone aquí...

(Entran Cooper, Jack, Morgan y Dick. Cooper, aprovechando la confusión se sitúa

por detrás de Silver *y le coloca un cuchillo en el cuello.)*

Cooper. ¡John Silver, ésta será la última de tus mentiras!

Jack. ¡Traidor! ¡Es otra de tus patrañas!

Morgan. ¡Nos has enredado a todos!

Silver. ¡Por todos los huracanes! ¿Queréis callar?... *(Señala el mapa.)* Está claro que alguien nos ha tomado la delantera...

*(*Dick *Lenguasuelta* *gesticula como un fantasma.)*

Morgan. ¡Por cien mil tiburones! ¡Lenguasuelta tiene razón!... ¡El espíritu de Flint!

(Reacción de terror en los piratas.)

Cooper. *(Sin dejar de amenazarle con el cuchillo.)* ¡No seáis papanatas! ¡Esto es cosa de Silver!... ¡Él sabe muy bien dónde está el tesoro!

Silver. ¡Zoquetes endemoniados! ¿No habéis pensado en Sir John y los suyos?

Morgan. ¡Está claro que te endosaron un mapa falso!

Cooper. ¡Estúpido marino de charca infecta! ¡Te has dejado engañar como un vulgar caracol!

SILVER. ¡Ah, Cooper y sus pretensiones de capitanucho en ciernes!

COOPER. ¡Ha llegado tu hora, viejo tiburón desdentado!

(JIM saca la pistola e intenta proteger a SILVER.)

JIM. ¡Quieto, Cooper! ¡No te muevas o disparo!

COOPER. ¡Maldito renacuajo!

JIM. ¡Todos quietos o disparo!

COOPER. ¡Vamos, camaradas, acabemos con ellos!

(JIM dispara, pero la pistola no funciona. Mira a SILVER.)

SILVER. Lo siento, chico, olvidé decirte que ya no quedan municiones...

(Los piratas avanzan hacia JIM sonriendo con malicia.)

VOZ CON ECO. ¡Quietos! ¡Que nadie se mueva! ¡Tirad las armas!

(Los piratas obedecen. Entran SIR JOHN y el DOCTOR apuntando con sus armas. Les siguen el CAPITÁN SMOLLET, con el brazo en cabestri-

llo, y BEN GUNN, *que lleva un extraño cuerno en una mano.)*

COOPER. *(A* SILVER.*)* ¡Traidor!
JACK. ¡Nos has engañado!

(Los piratas se lanzan contra SILVER.*)*

DOCTOR. ¡Quietos todos! ¡Silencio!

(Los piratas continúan insultando y acorralando a SILVER.*)*

BEN GUNN. *(Haciendo uso del cuerno-megáfono.)* ¡Silencio a proa y a popa!

(Los piratas le miran asombrados.)

GORDON. Pero si es el pobre Ben Gunn...
BEN GUNN. ¿Pobre yo?... ¡Ja!
DOCTOR. ¡Las manos arriba!
COOPER. Si salimos de esta nos veremos las caras, Silver.
SILVER. *(Alejándose del grupo de piratas.)* ¡Hienas rabiosas!
SMOLLET. ¡Sir John, apresad a Silver!
SILVER. Por favor, señores, no será necesario. Juro por mi honor que no os traicionaré. He salvado la

vida del muchacho... Hicimos un trato, ¿verdad, Jim?...

(La escena queda detenida en penumbra. Luz sobre JIM.*)*

JIM. *(Al público.)* El instinto de supervivencia de aquel hombre no conocía límites. Aunque yo tenía motivos sobrados para denunciar sus manipulaciones, no supe sustraerme a la ternura que me inspiraba...

(La luz vuelve a la escena. JIM *se dirige a* SIR JOHN.*)*

JIM. Es cierto, señor. Silver me ha salvado la vida, y le prometí que no lo entregaríamos...

SIR JOHN. ¡Te felicito, Jim! ¡Has actuado como un héroe! Después de lo que has hecho, tu palabra vale tanto como la mía... *(A* SMOLLET.*)* ¿No estáis de acuerdo, capitán?

SMOLLET. No conviene precipitarse, Sir John.

JIM. ¿Estáis herido, capitán?

SMOLLET. No es nada, muchacho... Estamos orgullosos de ti, Jim. Sabemos de tu proeza al embarrancar el barco.

BEN GUNN. ¡Desde la peña blanca fui testigo de tu aventura, Jim!

SILVER. ¡Ah, mi viejo camarada Ben Gunn! ¡No sabes la de veces que me he acordado de ti!

GORDON. Yo también...

SILVER. ¡Tú cállate!

BEN GUNN. *(Usando el cuerno-megáfono.)* ¡Darby MacGraw, tráeme ron, Darby! *(Ríen los dos.)*

SILVER. ¡Lo sabía! ¡Tenías que ser tú, bribón!

BEN GUNN. Os he ganado la partida, ¿eh, Silver?

DOCTOR. ¡Buen trabajo, Jim! Volveremos a casa sanos y salvos...

JIM. *(Con tristeza.)* Pero sin el tesoro, doctor...

DOCTOR. No, Jim, en eso te equivocas... ¿Eh, Ben Gunn? *(BEN GUNN asiente con orgullo. A JIM.)* Encontramos en él a un aliado inmejorable... Por una onza de queso, Ben Gunn nos enseñó el escondite donde ha guardado el tesoro todos estos años...

SIR JOHN. Aún estoy deslumbrado ante la maravilla del precioso metal... ¡Montañas y montañas de oro!

(Comentarios y exclamaciones. La codicia de los presentes se refleja en sus caras.)

BEN GUNN. ¡Soy rico, rico, rico!... *(Corre hacia un lateral del escenario.)*

SIR JOHN. Ben Gunn nos puso como condición que le entregáramos su parte del tesoro y, desde entonces, no se ha separado de sus preciadas monedas...

BEN GUNN. *(Lleva con él unos saquitos de monedas.)* ¡Rico, soy rico, muchachos!... ¡Ben Gunn volverá a Inglaterra! *(A los piratas.)* ¿Queréis ver como brilla mi oro? *(Abre uno de los saquitos y caen algunas monedas al suelo. Los piratas, presos de la codicia, se acercan a recogerlas, pero* BEN GUNN *los aparta.)* ¡El oro es mío! ¡Mío!..

GORDON. Dame algo...

SILVER. ¡Tú cállate!... *(A* BEN GUNN.*)* Eres listo como el diablo, Ben Gunn. Lo supe en cuanto te eché el ojo.

SIR JOHN. Cargaremos el tesoro en el barco y zarparemos con la primera marea...

DOCTOR. Capitán, ¿qué hacemos con estos hombres?

SMOLLET. John Silver vendrá con nosotros. El testimonio de Jim podría beneficiarle. Aunque dudo que eso sea garantía suficiente para él. En cuanto a sus hombres, yo, Alexander Smollet, en nombre del rey de Inglaterra, los condeno a vivir en esta isla hasta que sean rescatados. *(Lamentaciones y ruegos de los piratas.)* Pero, eso sí, serán convenientemente proveídos de víveres para hacer frente a su estancia en la isla...

(La voz del CAPITÁN *va fundiéndose con la música, al tiempo que disminuye la intensidad de la luz hasta el oscuro total. Luz sobre* JIM.*)*

JIM. *(Al público.)* Pusimos proa rumbo al puerto más próximo y buscamos una nueva tripulación. Silver, con la complicidad de Ben Gunn, abandonó nuestro barco cerca de Jamaica. Aunque no huyó con las manos vacías. Se las ingenió para agujerear una de las mamparas y apoderarse de algunos saquitos de monedas... Aquel navegante de una sola pierna fue capaz de proveerse de su particular botín y alejarse de nosotros...

(Hace sonar su silbato de grumete. La silueta de SILVER *se proyecta al fondo.)*

VOZ CON ECO DE SILVER. ¡¡Adiós, Jim... Adiós, camarada!!...

(Ríe. Sobre la imagen lejana de SILVER *sube la música, al tiempo que se hace el oscuro.)*

Marzo de 2009

GLOSARIO

agorero. Pesimista, que tiene tendencia a pensar o a hablar sobre futuros males o desgracias.

amotinado. Persona que se rebela contra la autoridad establecida.

arrecife de coral. Banco formado en el mar por corales (especies marinas que segregan unas sustancias duras con las que se forman unas ramificaciones calcáreas que permiten la formación de dichos bancos).

arriar. Bajar las banderas o las velas de un barco.

babor. Lado izquierdo de la embarcación mirando a proa.

botarate. Persona alborotada, poco juiciosa y sin formalidad.

bribón. Persona que engaña o estafa.

bucaneros. Piratas de distintas procedencias que en el siglo XVII pululaban por los mares de las Antillas y se dedicaban a saquear las colonias españolas.

buscabullas. El que busca jaleo, alboroto, bullicio.

codicia. Deseo intenso de riqueza u otras cosas.

compinche. Compañero, en especial de diversiones o fechorías.

conspirar. Planear una acción contra algo o alguien (una autoridad o el orden establecido).

cretino. Idiota, majadero, tonto, imbécil.

embarrancar. Encallar; tropezar el fondo del barco en la arena o en las rocas y quedarse por ello detenido.

escéptico. El que duda o desconfía acerca de la verdad o eficacia de alguien o algo.

escorbuto. Enfermedad producida por deficiencia de vitamina C.

escotilla. Abertura en la cubierta de un barco para pasar a los compartimentos interiores y para ventilarlos.

estribor. Lado derecho de la embarcación mirando a proa.

farsante. Persona que engaña valiéndose de enredos.

fetén. Estupendo, muy bueno.

filibustero. Dicho del pirata que en el siglo XVII operaba en el mar de las Antillas.

fortín. Fortaleza o fuerte pequeño.

garfio. Instrumento de hierro, curvo y puntiagudo que sirve para sujetar o agarrar algo.

gaznate. Parte superior de la garganta.

goleta. velero de dos o tres palos y de bordas (velas) poco elevadas.

grumete. Muchacho que aprende el oficio de marinero ayudando a la tripulación en sus faenas.

guinea de plata. Antigua moneda británica de oro, que valía veintiún chelines.

haragán. Que evita el trabajo; perezoso, gandul, holgazán, vago.

ínfulas. Soberbia; tener humos, aires de grandeza.

izar. Subir la bandera o las velas de un barco.

marcar con la Negra. Costumbre pirata para citar a alguien, consistente en un trozo de papel ennegrecido por una cara y con un mensaje en la otra. Por regla general era un aviso que daba a entender que se le destituía de su cargo.

martingala. Engaño, treta.

pairo (mantenerse al pairo). Estar la nave quieta, con las velas tendidas, pero sin amarrar. En este uso metafórico, quiere decir estarse sin obrar o tomar una resolución, pero en disposición de tomar la que aconsejen las circunstancias.

pájaro de mal agüero. Señal que anuncia mala suerte.

papanatas. Persona simple que se lo cree todo, fácil de engañar.

paparruchas. Cosa o dicho sin sentido o sin fundamento.

patán. Hombre ignorante, mal educado y grosero, paleto.

pelillos a la mar. Expresión para indicar reconciliación entre dos personas echando al olvido sus motivos de ofensa.

periplo. Viaje largo que recorre varios países.

popa. Parte posterior del barco, donde se coloca el timón y se hallan las cámaras principales.

premura. Prisa, urgencia.
proa. Parte delantera del barco.
pulular. Abundar y bullir en un sitio personas, animales o cosas.
rufián. Hombre sin honor, perverso, despreciable.
truhán. Se dice de quien con gestos, cuentos o historias, procura divertir y hacer reír a los demás.
zarpar. Salir un barco del lugar en el que estaba fondeado.
zoquete. Persona de poca inteligencia.

De la misma colección

Alesio, una comedia de tiempos pasados
Introducción de Ignacio Aranguren
ISBN: 978-84-9845-029-3
«Joven Teatro de Papel», 1

Un cómico napolitano hambriento y descarado, la hija de un panadero empeñada en ser actriz, dos caballeros misteriosos, una pareja de matones despistados, un padre tiránico y un concurso de cómicos: Sevilla en 1620.

Estos personajes nos sumergen en la historia del teatro pero están vivos y reconocibles para el lector por el humor y el ritmo trepidante de la acción. Se expresan en una cuidada prosa actual pero con ecos de Shakespeare, de la comedia del Siglo de Oro, de la picaresca…; y también del cómic y de los héroes del mejor cine de aventuras.

El cadáver
del señor García
de Enrique Jardiel Poncela
Introducción de Ignacio Aranguren
ISBN: 978-84-9845-049-1
«Joven Teatro de Papel», 2

Mientras Abelardo se encuentra en el comedor de la casa de su prometida Hortensia y brinda por la felicidad de su inminente matrimonio, el desesperado señor García tiene la ocurrencia de colarse en el saloncito contiguo para suicidarse. La familia de la casa, consternadísima, decide que lo mejor es llamar al juez. Las rápidas réplicas se suceden sin descanso entre la familia y los vecinos que se van acumulando en aquella estancia. Toda una galería de personajes al servicio de una trama disparatada y repleta de originales golpes de humor.

De la misma colección

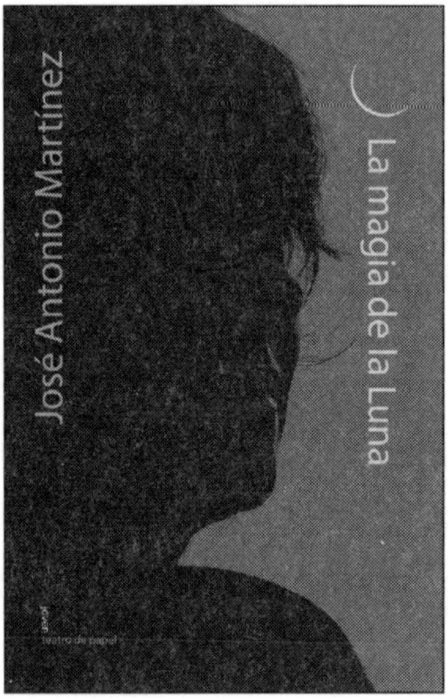

La magia de la Luna
de José Antonio Martínez
Introducción de María
Jesús Blázquez Nieto
ISBN: 978-84-9845-100-9
«Joven Teatro de Papel», 3

La pícara Luna llega en una noche mágica para ayudar a hacer realidad los sueños de una Joven, un Mendigo y un Semáforo. Esto provoca una serie de situaciones irreales (que ellos creen vivir de verdad) mediante las cuales adquirirán la experiencia necesaria para poder decidir su futuro. Una historia de amistad que provoca en el lector reflexiones acerca de la insensibilidad y la insatisfacción que nos rodean. La magia de la Luna es una comedia que mezcla personajes reales y fantásticos e ironiza sobre creencias, comportamientos y modas de la sociedad actual.

De la misma colección

El diario de Ana Frank
Adaptación teatral
de Frances Goodrich
y Albert Hackett
Introducción de Ignacio
Aranguren
ISBN: 978-84-9845-150-4
«Joven Teatro de Papel», 4

En una buhardilla de Ámsterdam, en la que permanece escondida durante más de dos años, una adolescente de trece años intenta comprenderse a sí misma y albergar alguna esperanza sobre el convulso tiempo que le ha tocado vivir. Cuenta con la ayuda de su diario, en el que también va forjando sus sueños de ser escritora. Hoy ese Diario ha dado la vuelta al mundo y ha puesto un rostro a los horrores de nuestro tiempo, pero también a sus esperanzas.

De la misma colección

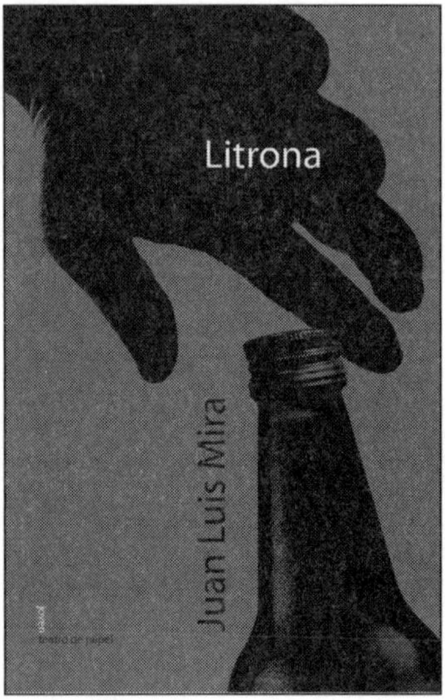

Litrona
de Juan Luis Mira
Introducción de Antonia Jiménez Rodríguez
ISBN: 978-84-9845-151-1
«Joven Teatro de Papel», 5

Un grupo de chicos y chicas suele reunirse en un callejón para tomar juntos unas cervezas. Allí, entre confidencias, sueñan con un futuro mejor, se enamoran y se desengañan, se divierten y sufren. Así, Litrona es un punto de encuentro para el debate y el juego, para el aprendizaje y la diversión; refleja el mundo de los jóvenes (sus «tribus», su música, su lenguaje...) y una gran diversidad de temas (el amor, la amistad, la música, el dinero, las drogas, las expectativas de futuro, el embarazo juvenil...).

Totus Plautus (o casi)
de José Antonio Martínez
Introducción de José Antonio Martínez
ISBN: 978-84-9845-197-9
«Joven Teatro de Papel», 6

Si uno de los objetivos principales de Plauto era hacer reír, con *Totus Plautus (o casi)* disfrutaremos con personajes y situaciones que provocan la carcajada y que han quedado como arquetipos teatrales: el criado, los enamorados, el militar, el viejo avaro, los dioses intrigantes... Con un lenguaje asequible se pretende, ante todo, acercar el gran comediógrafo a los lectores actuales; para ello, se han seleccionado momentos significativos de sus obras y se han unido en un nuevo texto con una trama trepidante.